Angelika Waldis · Tu nicht so

ANGELIKA WALDIS

Tu nicht so

Geschichten

Kein & Aber

Für, wegen, mit, trotz, dank O.

1. Auflage, Herbst 2004

Coverillustration: Anna Sommer, Zürich
Gestaltung und Satz: Nicholas Ditzler, Zürich
Druck und Bindung: Ebner & Spiegel, Ulm
ISBN 3 0369 5122 9
www.keinundaber.ch

Inhalt

LUDWIGS SAMMLUNG

Noch nie hatte jemand seine Sammlung gesehen. Ludwig kannte niemanden, dem er sie hätte zeigen wollen, zeigen dürfen. Wie sollte er anderen den Wert der Sammlung verständlich machen? Der Wert war so wenig erklärbar, wie Glück erklärbar ist.

Er sammelte seit sechs Jahren.

Seit neun Jahren war er Hausmeister im Schulhaus Außertor. Zuerst war er nur als Hilfskraft eingestellt worden. Er merkte bald, dass der hauptamtliche Hausmeister trank, er trank in den Besenkammern und im Heizungsraum, und eines Abends saß er sozusagen besoffen im Handarbeitszimmer, als die Lehrerin eine vergessene Einkaufstüte holte, und machte eine obszöne Bewegung. Das jedenfalls war die Aussage der Lehrerin. Und das war Ludwigs Chance.

Er bekam die Hausmeisterstelle und die Zweizimmerwohnung über der Turnhalle. Er bekam die Schlüssel zu allen Räumen, bekam die Aufsicht über die Putzleute, die Parkplätze, die Gartenanlage, bekam die Vollmacht, unerwünschte Personen vom Schulgelände zu weisen.

So viel auf einmal zu bekommen, das war für Ludwig ungewöhnlich. Erst wollte er seinem Bruder eine Karte schicken, damit man im Dorf von seinem neuen Amt erfahre. Dann ließ er es bleiben. Er kehrte dem Dorf endgültig den Rücken. Und an Ines mochte er auch nicht mehr denken. Nach Ines hatte er keine Freundin mehr gehabt. Und er hatte nicht die Absicht, sich je wieder eine zu suchen. Sollte der Zufall ihm eine schenken, dann gut. Aber die Vorstellung, jeden Abend mit jemandem reden zu müssen, bereitete ihm Unbehagen.

Einmal machte sich die Fauch, die Turnlehrerin der Senioren, an ihn heran. Jeweils mittwochs, am schulfreien Nachmittag, fand das Seniorenturnen statt. Aus irgendwelchen Gründen, Grippewelle vielleicht, erschien eines Mittwochs kein einziger Senior, sodass die Fauch an seine Tür klopfte und ihn bat, die Turnhalle wieder zu schließen. Sie sagte auch, mmh, das rieche gut, worauf ihr Ludwig eine Tasse vom soeben aufgebrühten Kaffee anbot.

Sie hieß Marina und blieb eine Stunde an seinem Küchentisch sitzen. Am folgenden Mittwoch, nach der Turnstunde, klopfte sie wieder, und in den folgenden Wochen suchte und fand sie ihn regelmäßig irgendwo auf dem Schulgelände, um ein bisschen zu plaudern, wie sie sagte. Als sie ihn im Heizungskeller von hinten umarmte und sagte, wer bin ich, erschrak er. Diese schwappende dicke Rolle in seinem Rücken, ihre Brust, und die Berührung weiter unten, wahrscheinlich durch ihr Schambein, waren ihm unangenehm.

Die Stunden am Mittwochnachmittag, im leeren Schulhaus, waren Ludwig immer die liebsten gewesen. Die waren nun verdorben. Ludwig versteckte sich, ging nicht pfeifend durch die Korridore, um einzusammeln, was da nicht hingehörte, setzte sich nicht auf die Treppe, um die Zettel zu lesen, die im Papierkorb des Lehrerzimmers lagen. Er spähte aus dem Fenster und litt, weil der Honda von Marina Fauch immer noch auf dem Parkplatz stand.

Im Sommerhalbjahr wurde das Seniorenturnen aus dem Angebot gestrichen, Marina tauchte nicht mehr auf, und Ludwig feierte seine mittwöchliche Freiheit mit einer Dose Bier in der Damengarderobe.

Kurz danach fing er mit Sammeln an.

Im zweiten Obergeschoss, gegenüber dem Musikraum, gab es ein Korridorfenster mit einem extrabreiten Fensterbrett, ausgelegt mit grünem Linoleum, hier setzte sich Ludwig besonders gern hin. Er schwang sich hoch und klemmte sich wie eine Feder in die Fensteröffnung. Von hier sah er auf den Schulhof, den Gitterzaun, die schmale Grünanlage dahinter mit den Berberitzen und Eiben und japanischen Kirschen und, im Sommer, dem farbigen Wall aus Malven, die von selber hierher geflogen und sich über die Jahre vermehrt hatten. War der Asphalt regenschwarz, wirkte der Platz mit den nicht mehr ganz weißen Markierungen für Korbball und Fußball wie ein Landepunkt für einen Außerirdischen. Hinter den beiden Kaminen am Horizont, die zum städtischen Schlachthof gehörten, ging die Sonne unter, eher links oder rechts, je nach Jahreszeit. Ludwig saß und schaute und mochte es, wenn er sich dichterweich fühlte.

Die Veränderungen rund ums Schulhaus begannen schleichend, sie fingen an mit dem Studio Linda für Bodymassage und den Appartements, die sich Solarclub nannten. Etwa ein Jahr darauf kam das Erotikkino dazu, die Bierhalle zum Widder schloss und wurde als Hot Lips neu eröffnet. Nach acht Uhr abends waren die Florstraße, die Rautastraße und der Torweg nicht mehr leer gefegt wie ehedem. Ludwig sah den Torweg von seinem Fensterplatz aus, die Gestalten, die sich nur langsam bewegten, stehen blieben, sich umschauten.

Am Morgen lag Abfall in der Grünanlage, Ludwig pickte ihn auf, Weinflaschen, Papiertaschentücher, mal eine Strumpfhose, mal ein Kondom, später Spritzen.

Drogenfachleute kamen in die Schulklassen.

Der Brunnen in der Grünanlage roch nach Pisse.

Er wird als Urinal benutzt, sagte der Leiter der Evangelischen Lukasgemeinde von gegenüber.

Dass das Schulhaus Außertor nun im so genannten Milieu stand, ließ sich nicht rückgängig machen. Täglich patrouillierte Polizei durchs Quartier. Und Ludwigs Arbeit veränderte sich. Er dachte sich Strategien aus. Damit die Hohlräume in den Hecken für die Junkies unbequem wurden, füllte er sie mit Ästen und mit dem Rückschnitt der stachligen Berberitzen. Damit sich die Bodenplatten nicht mehr als Drogenversteck anheben ließen, betonierte er die Fugen zu. Damit er regelmäßig den verpissten Brunnen oder die Kotze der Alkis vom Zaun abspritzen konnte, beantragte er insgesamt zweihundert Meter Schlauch.

Seit er diesen neuen Feind hatte, war sein Verhältnis zu den Kindern entspannter. Er spürte mit Vergnügen, dass sie ihn mochten. Auch der Lehrkörper erschien ihm anders, er warf einen kürzeren Schatten.

Ludwig war jemand.

Nach wie vor saß er nach der Arbeit gern in der Fensternische im zweiten Obergeschoss, schaute den Tauben und den Prostituierten zu, wartete auf einen Schub Wehmut, der wohl tat. Von hier oben sah er eines Abends das weiße Ding auf einer Spitze des Gitterzauns, das wegzunehmen er sich vornahm.

Es war ein Papiertaschentuch, zu einer Blüte zerknüllt, sehr weiß, sehr weich. Ludwig warf es nicht weg. Er trug es in seine Wohnung und steckte es in ein leeres Erdnussbutter-Glas.

Er aß stehend die Reste seines Mittagessens, dann versank er in seinem Fernsehsessel.

Der PTT-Raum lag hinter dem Heizungskeller, vermutlich war er entstanden, als auf Ölheizung umgestellt und eine neue Brandmauer errichtet worden war, das musste Jahrzehnte her sein. Er sah nicht aus, als sei er jemals genutzt worden, er war schmal wie ein Korridor. Immerhin gab es weit oben eine vergitterte Fensterluke und eine stabile Tür zum Heizungskeller.

Ludwigs Regale füllten inzwischen die ganze Länge. Er hatte sie nach und nach aus dem so genannten Lager geholt, da vermisste sie niemand. Im Lager standen sogar noch Tretnähmaschinen aus den Fünfzigern.

Ein Schlüssel zum PTT-Raum war nicht vorhanden, aber Ludwig hatte konsequent alle Schlüssel des Schulgebäudes ausprobiert und zufrieden gehört, wie der Schlüssel der *Lehrertoilette drittes Obergeschoss* sich sanft in die Drehung fügte und mit einem leichten Endklick innehielt.

Von den beiden Doppeln, die er hatte anfertigen lassen, hing einer an seinem Schlüsselbund und der andere an der Stange seines Duschvorhangs.

Er trug sein Geheimnis mit sich herum wie ein noch nicht aufgefaltetes Lächeln. Wenn er in der Spiegel schaute, glaubte er, es sich anzusehen.

Seine Sammlung war inzwischen auf mehrere hundert Exemplare angewachsen, und die Lust, die er verspürte, wenn er den PTT-Raum auf- und hinter sich zuschloss, wurde immer größer, wirkte wie früher ein Glas Schnaps.

Außer Bier trank er kaum noch Alkohol, er mochte ihn nicht mehr. Vollends fremd waren ihm die Alkis, die er in der Grünanlage zwischen ihren Papiertüten hocken sah, die sich nur erhoben, um an ihren Hosen zu nesteln und nach ein paar Schritten in die Büsche zu pissen.

Auch die Freier waren ihm fremd, mit jagender Iris, aber ohne den Kopf zu drehen und geschäftsmännisch rasch schritten sie die Straße ab und ließen sich von einem Hauseingang verschlucken, und an das, was sich dahinter tat, mochte Ludwig nicht denken.

Er kannte manche der Frauen, sie grüßten ihn beim Einkaufen, am Kiosk, sie waren dankbar für einen freundlichen Spaß. Wenn sie sich vor dem Schulhaus aufstellten, weil sie hier neu waren, schickte er sie weg. Sein Französisch war gut genug, à cause des enfants, sagte er, tu comprends?, und er konnte auch ein wenig Spanisch, wegen Ines.

Sie waren nett, aber sie reizten ihn nicht. Im Gegenteil, ihm wurde eher übel bei der Vorstellung, er müsste den Minirock von Lourdes hochstreifen und ihr die dicken Schenkel auseinander spreizen.

Die Tatsache, dass er der heimliche Besitzer einer PTT-Sammlung war, belustigte Ludwig, war doch sein Vater Monteur bei der PTT gewesen, der staatlichen Post-Telephon-Telegraph-Gesellschaft.

Dass sich mit PTT auch Papier-Taschen-Tuch abkürzen ließ, fiel Ludwig erst ein, als er in einem Anfall von Ordentlichkeit die ersten hundert Gläser neu beschriftet hatte, in der ersten Zeile die Fundzeit, darunter den Fundort, für den oft eine kurze Angabe nicht reichte, vor allem, wenn auch Fremdpersonen sich etwas darunter vorstellen sollten.

Das erste Taschentuch, die Blüte vom Gitterzaun, war noch so schneeweiß wie zu Anfang. Und die gleichen Erdnussbuttergläser hatte Ludwig für seine nächsten Sammelstücke freigemacht. Sie hatten königsblaue, unbedruckte Schraubdeckel.

Ludwig aß die Erdnussbutter mit dem Finger, direkt aus dem Glas, vor dem Fernseher.

Diese Gläser reichten indes bald nicht mehr aus. Wenn Ludwig einkaufte, wählte er Ware in Gläsern, die in Form und Größe denen für Erdnussbutter entsprachen, und darum aß er Unmengen von Hering, Mayonnaise, Silberzwiebeln und Rotkohl. Er gewöhnte sich an Oliven, und statt Zucker rührte er Nutella in den Kaffee.

Die unschönen Schraubdeckel beklebte er mit blauem Papier.

Er arbeitete mehr als früher, stand schon um sechs auf, sammelte rund ums Schulhaus ein, was da nicht liegen durfte, gebrauchte Spritzen, Pizzareste, und er putzte obszöne Sprüche von der Wand. Über die Rundbriefe des Fachverbandes für Hausmeister konnte Ludwig nur lächeln, da jammerten die über fünfundvierzig Arbeitsstunden pro Woche und über demolierte WC-Deckel. »Sogar um die Hellraumprojektoren müssen wir uns neuerdings kümmern«, schrieb einer. Wenn ihr wüsstet, dachte Ludwig, wenn ihr wüsstet, wie schwer ein Betrunkener ist, der am Morgen auf den Lehrerparkplätzen liegt.

Häufig war er so müde, dass er die Zeitung nicht mal mehr auseinander faltete. Und wenn er sie durchblätterte, las er nur Überschriften auf Seiten, die von alleine auseinander rutschten. Er traf manchmal auf Sätze, nach denen er sich gut fühlte. »Die Künstlerin projiziert Hautirritationen auf die leere Wand« war so einer. Weiß der Teufel, warum.

Die ersten Sammelstücke stammten alle vom Schulgelände. Sie waren Verlorene und zur Seite Geworfene. Aus Papierkörben nahm Ludwig prinzipiell nichts.

Einige waren blutverschmiert, andere krustig gekrümmt, es gab welche, die immer noch einen schwachen Duft ausströmten, wenn man den Schraubdeckel öffnete, nach Menthol, nach Sonnenöl, nach Kleinkind. Eines roch leicht nach Gartenerde. Die ehemals nass Zerknüllten waren nun hart wie kleine Gipsstücke. Eines war neu und unentfaltet. Eines zeigte einen deutlichen Lippenstiftabdruck, das Lippentuch der Veronika, dachte Ludwig, als er es aufhob.

Es gab PTTs, die er nur mit dem Handschuh anfasste.

Auch von der Rautastraße, von den Freiern und Frauen, trug Ludwig einiges nach Hause. Von da hatte er einzelne pastellfarbene Tücher, Eierschale, Pink und ein fahles Putzlappenblau, sie waren höchstwahrscheinlich ausländischer Herkunft.

Auf einer Packung las Ludwig, wie PTTs anderswo heißen, Zakdoeken gefiel ihm am besten, er dachte daran, mal nach Zakdoekien zu fahren, jedoch wusste er nicht, wo das war.

⋆

Am Abend, an dem Ludwig seine Sammlung vom Schlafzimmer in den PTT-Raum verlagert und danach die Tür abgeschlossen hatte, war etwas in seinem Kopf geschehen. Es war, als stiegen kühle Bläschen hoch, um unter der Schädeldecke zu platzen.

Von da an war Ludwig nicht mehr ein bloßer Finder. Er war ein Sucher.

28.6.1998, 11.05

Brunnalp, 2 m unterhalb Höhenkreuz, Kraut, ev. Heidelbeere. PTT in Joghurtb., Föhnwetter, heiß.

12.7.98, 16.12

Bahnhof Ranstetten, PTT in Oleandertopf neben Eingang Wirtschaft, Tür geöff.: Radio Wunschkonz. f. die Kranken.

30.8.98, 17.41

Wasserkirche, PTT auf Bank vor brenn. Kerzen, vermutl. von Mann, ca. 40, vermutl. geweint. Um 17.45 Orgel.

Das waren alles Sonntage.

Meistens war Ludwig nun an Sonntagen unterwegs.

Im Rucksack hatte er immer eine leere Plastikbox dabei.

Fast immer war es einfach, das gesichtete Taschentuch aufzuheben. Es brauchte eine einzige rasche Bewegung, die als beiläufig getarnt war, als kurzes Zupfen am Schuh, als kurzes Absetzen der Hand irgendwo, während der Kopf sich suchend nach etwas umsah. Aber es gab auch Momente des Herzklopfens, so im Zug, als der Geistliche schräg gegenüber einnickte und seiner feuchten bleichen Hand ein Taschentuch entglitt, hühnereigroß, gefurcht wie ein Hirn und getränkt mit Keuschheit und Zweifel, ein Taschentuch, das Ludwig unbedingt haben musste, sonst würde er von einem hitzigen Frieren befallen; da erhob sich die junge Frau am Fenster, um einzusammeln, was ihr inzwischen schlafendes Kleinkind alles verstreut hatte. Keksreste, Papierbecher, Tierbildchen. Entsetzt sah ihr Ludwig erst zu – würde sie das Taschentuch liegen lassen? – dann riss er sich hoch und stürzte sich auf den unbefleckten weißen Knäuel. »Das gehört mir«, sagte er, »entschuldigen Sie.«

Es war nicht so, dass Ludwig jedes Taschentuch an sich nahm, keineswegs. Er nahm solche, die ihn beglückten, berührten oder erregten. Oft lag es am Menschen, der das Taschentuch verlor, oft lag es an der Örtlichkeit, wo Ludwig es fand und wo er zum Tuch eine Geschichte roch. So ein Tuch zog er zum Beispiel im Wartezimmer von Doktor Frenkel zwischen den Sitzpolstern des Sofas hervor, nachdem er seine Hände in die Spalten gesteckt hatte, damit er sie nicht mehr zittern sah. Ludwig wusste sofort, dass Leidvolles in den verkrusteten Falten gespeichert war. Auch das Tuch, das beim spanischen Lebensmittelhändler im Schaufenster auf den künstlichen Weintrauben lag und das Ludwig unter schwierigsten

Verrenkungen bergen konnte, während die Verkäuferin durch die defekte Kasse abgelenkt war, auch das war von einer einmaligen Gefühlsträchtigkeit, es hatte die Heftigkeit in sich, mit der es jemand weit weggeworfen hatte und ohne die es nie auf den Weintrauben gelandet wäre. Übrigens roch es nach Fisch.

Inzwischen nannte er sie »Objekte«.

Manchmal, wenn er im Kino saß oder spätnachts vor dem Fernseher, traf ihn ein Hieb von Einsamkeit, weil er nicht mehr verstand, warum Menschen von etwas träumten.

Er versuchte herauszufinden, seit wann es Papiertaschentücher gab, im Lehrerzimmer, im Lexikon der Erfindungen, aber darin stand nichts, dann bat er Schwendimann, den neuen Oberstufenlehrer, im Internet nachzusehen. Warum interessiert Sie das, fragte der, worauf Ludwig sagte, sein Neffe wolle es wissen.

Ludwig wusste, dass er einen Neffen hatte, aber er kannte ihn nicht, und das war ihm egal, so etwas wie Verwandtschaft brauchte er nicht. Solange ihn niemand störte, rollte sein Leben genau so sachte voran, wie er es mochte.

Eigentlich nichts außer Hundekacke im Schulhof, welche die Kinder unwissentlich mit ihren Schuhen auf den Sandsteinstufen bis hinauf ins erste Obergeschoss verstrichen, vermochte Ludwig so aufzuregen, dass er zu explodieren glaubte.

Von seinen eigenen Taschentüchern hatte er nie eines aufbewahrt.

15.12.2001, 22.37

Messerstecherei, verm. Haitianer und Alb., Rautastr., vor Chem. Reinig. PTT nach Weggang v. Ambul. u. Poliz. aufgehoben.

Das Tuch war zur Hälfte blutrot.

Irgendwann würde es braun werden.

*

Seit die Angst da ist, sammelt Ludwig fast noch fiebriger.

Sie ist da, seit Schwendimann ihn gerufen hat, um ihm einen Riss in der Wand zu zeigen. Er läuft von der Decke bis hinunter zur Tafel, sieht aus wie ein Profil mit Nase und Kinn, und er ist neu. »Beobachten«, sagt Schwendimann. »Und allenfalls melden.« Die Bausubstanz sei alt, das Fundament könne sich ändern.

Seitdem sucht Ludwig die Wände nach Rissen ab, blickt beim Gehen nach oben, zu den Fugen, zu den Ecken, wie ein Phobiker, der sicher sein muss, dass da keine Spinne hockt. Er kauft Heimwerker-Gips, flickt abends die alten Risse, die er seit Jahren kennt wie die Linien in seiner Hand, der Gips ist zu weiß und fällt auf. Er mischt aus dem Malkasten ein schmutziges Hellgrau und deckt damit das Gipsweiß ab. Aber das sieht auch nicht besser aus. Er geht Schwendimann aus dem Weg.

31.3.2002, 10.50

Zoo, Flamingowiese, starker Regen, teilw. Schnee (Ostern!), PTT enthält ganz innen kleines Zucker-Ei, gelb, klebt fest.

30.4.2002, 6.34

Singsaal, PTT auf Klaviertasten (Deckel geschl.!), bei tiefen Tönen. Taubenpaar vor Fenster.

15.6.2002, 9.30

Hauptwache, PTT unter Pult Wachtm. Wüst, Aussagen zum Totschlag Torweg.

Das sind die Gläser 601 bis 603.

Gut ein halbes Jahr nach Schwendimanns Hinweis auf den Riss hat die Städtische Gebäudeverwaltung eine Inspektion angesagt. Im Handarbeitszimmer, das inzwischen Werkraum heißt, hat sich ein Stück Verputz gelöst und das Mauerwerk freigelegt. Ludwig weiß nicht, wer die Verwaltung angerufen hat.

Sie kommen zu zweit.

Sie fangen unter dem Dach an und arbeiten sich abwärts. Das Schulhaus ist leer, die Sommerferien haben angefangen. Sie erstellen ein Protokoll, haben Digitalkamera, Diktiergerät und Notebook dabei. Sie reden wenig. Wenn sich Ludwig in ihre Nähe schleicht, erfährt er nichts.

Die Kellerräume sind als Letztes dran.

Ludwig hat den Auftrag, alle Schlüssel bereitzulegen.

DER SCHWARZBLAUE SCHATTEN

Niemand sonst war unterwegs, der Morgen war noch ungehäutet, eine lila Hülle spannte sich vom Schwertberg zu den Wendestöcken. Nur weit oben am Hang bewegten sich langsam zwei Lichtpunkte, die Lampen des Pistenfahrzeugs. Maria schrie lautlos vor Glück.

Das alles gehörte ihr: die stille Hochebene – wie weißes Meer. Die Langlaufspur – wie – wie was? – wie der viel versprechende Anfang eines Gedankens. Das Geräusch ihrer Skier – wie ein archaisches Streichinstrument. Die eisgekühlte Luft auf Nase und Backenknochen – wie schüchterne Streichelhände.

Sie lief und fühlte mit Lust, wie ihr verschlafener Körper geschmeidig wurde.

Nicht mal ein Vogel war zu sehen, keine Dohlen, keine Schneefinken, niemand, der sie auspfiffe, wenn sie sich nackt auszöge und um sich selbst herumtanzte.

Jedes Mal, wenn sie den Kopf hob, hatte sich etwas verändert.

Das Lila verschwand.

Nun wurde auch der Himmel weiß, ein Pernodweiß.

Graue Schlieren zogen auf.

Und dann presste sich silbern die Sonne hoch, sah sich um und zog sich gleich wieder zurück. Maria war es egal. Sie brauchte keinen Schönwettertag. Hauptsache, das Licht blieb angeknipst.

Maria lief und fühlte mit Lust, wie das Weiß an ihr vorbeistrich.

Jetzt war sie schon eine Stunde auf und hatte noch kein einziges Mal den Schlag gespürt, den Schlag von vorne rechts, wo der Kotflügel wäre, durchs Bein, ins Herz.

Sie lief mit Lust und ließ sich die Backenknochen streicheln. Gerne hätte sie kurz die Augen zugemacht, aber das ging nicht, sie wollte nicht in der Skispur straucheln. Mal angenommen, sie würde stürzen, was unwahrscheinlich war, und würde sich den Knöchel brechen, dann würde sie im Dorf anrufen, sie tastete kurz ihre Taschen ab, ja, sie hatte das Handy dabei.

Sie hatte sich noch nie was gebrochen.

Nicht mehr lange, und sie war fünfzig und hatte sich noch nie was gebrochen.

Vielleicht knirscht ein brechender Knochen ähnlich wie der Schnee unter den Skiern.

Neun Uhr. Jetzt liefen im Dorf die Skilifte. Von hier aus waren sie nicht mehr zu sehen. Nichts von Menschenhand war sichtbar, alles nur Mobiliar von Monsieur Gott, mit weißen Schonbezügen. Auch kein Kondensstreifen, denn der ganze Himmel war weiß gestrichen.

Von Zeit zu Zeit blieb Maria stehen, ließ den Blick schweifen und das Glück strömen.

Als sie den Mann sah, war er bereits so nahe, dass die blaue Schulterpartie seiner schwarzen Jacke zu erkennen war. Warum sie »Mann« und nicht »Frau« dachte, wusste Maria nicht. Viel mehr als ein dunkles Schriftzeichen auf einem weißen Blatt war die Figur vorläufig nicht. Aber es war da, und dadurch brach die Stille in Stücke. Ach was, dachte Maria, ich sollte besser froh sein, dass mir die Welt eine ganze Stunde lang allein gehört hat. Und was vor mir liegt, gehört mir immer noch.

Nach ein paar Metern spürte sie den Schlag von vorne rechts, wo der Kotflügel wäre, durchs Bein, ins Herz.

Damit musste sie nun leben.

Auch letzte Nacht hatte sie den Schlag gespürt, im Bett, gleich nach dem Löschen der altrosa Leselampe, alles war altrosa in dieser Ferienwohnung, altrosa und beige, sogar die Kühlschranktür.

Maria konnte es nicht bleiben lassen, sie schaute im Laufen zurück, immer wieder, über die rechte Schulter. Der Abstand zum Schwarzblauen blieb gleich.

Sein Gesicht sah sie nicht.

Als sie stehen blieb, stand er auch.

Auch beim zweiten und dritten Mal.

Da beschlich sie eine kleine Angst.

Sie nahm sich vor, nicht mehr stehen zu bleiben. Wenn sie ohne Pause lief, konnte sie in einer knappen Stunde auf der Arvalp sein. Sowie sie an die Gaststube voller Leute dachte, schien ihr nichts schöner als eine Gaststube voller Leute, Redelärm, Geruch nach Milchkaffee, nach Bratkartoffeln, Getrampel schwerer Schuhe. Sie lief etwas rascher als vorher und schaute sich nicht mehr um.

Der Schlag von vorne rechts, wo der Kotflügel wäre, zwang sie, stehen zu bleiben. Sie keuchte vom rascheren Laufen und merkte, dass sie schwitzte. Hastig zerrte sie sich die Windjacke über den Kopf, band sie um den Bauch und blickte zurück.

Er stand.

Hätte sie damals, nach dem Schlag, nicht in den Rückspiegel geschaut, könnte sie sich einbilden, sie hätte ein Tier angefahren, es musste Wild geben dort in den Wäldern vor der Grenze, sie hatte schon Männer mit Gewehren gesehen, im kniehohen Morgennebel, jägernd. Aber was sie hinter sich auf der Straße liegen gesehen hatte, in diesem unendlich langen Moment im Rückspiegel, das war ein bekleidetes Bündel gewesen, nicht Reh, auch nicht Wildschwein.

Vielleicht wäre sie doch noch umgekehrt, hätte der Zollbeamte sie angehalten und nach *merce* gefragt. Aber er winkte sie durch. Er winkte sie durch mit einem Kamm in der Hand.

Was aussah, als würde sich unter der Schneedecke jemand aufrichten, musste ein zugeschneites Dach sein, eine Alphütte, um die es im Sommer bimmelte und nach besonnten Kuhfladen und Brennnesseln und Gemolkenem roch.

Eigentlich mochte sie den Sommer lieber.

Ein Knall kam so laut und so unerwartet, dass sie beinahe aufschrie. Lawinensprengung? Militär im Manöver? Zu sehen war nichts, zu hören war ihr Herz, es hämmerte.

Der Schnee war inzwischen weicher, die Skier rutschten weniger leicht.

Erst kurz bevor ihr das Benzin ausging, hatte sie angehalten. Am Kotflügel vorne war die Dreckschicht weggescheuert, und in einer Scharte der Stoßstange steckte ein Knäuel fussliger dunkelblauer Wollfäden. Sie hatte es nicht angefasst. Zu Hause, zwei Stunden später, war es weg.

Pierre fand, in dieser Ferienwohnung rieche es nach Apotheke. Wahrscheinlich lag er immer noch im Bett, noch in der gleichen Stellung wie am Abend, die altrosa Decke kaum verschoben. Wenn er betrunken war, rührte er sich nicht im Schlaf. Gestern hatte er beinahe zwei Flaschen geleert, habe nun, sagte er, endlich diesen Geruch nicht mehr in der Nase.

Wahrscheinlich wusste Pierre nicht, dass seine Nase fleischiger war als früher, sein ganzes Hautkleid war fleischiger.

Sie schaute im Laufen zurück, der Schwarzblaue war deutlich näher, sie sah seine große Sonnenbrille, das Gesicht war noch nicht zu erkennen. Spielbergs *Duell* fiel ihr ein: Autofahrer wird auf einsamer Landstraße stundenlang von Lastwagen verfolgt, den Lastwagenfahrer bekommt man nie zu Gesicht. Der Schwarzblaue spielte mit ihr. Das war klar.

Sie musste handeln, irgendwie, sie hatte drei Möglichkeiten, schneller laufen oder umkehren oder stehen bleiben. Was aussah wie Unendlichkeit, dieses weiße, leere Land, hielt sie gefangen. Sie stellte sich vor, wie der Schwarzblaue an ihr vorbeiglitt und in der Skispur stehen blieb. Sie stellte sich vor, was er ihr vom Leib reißen musste, die Trainingshose, die lange Unterhose, den Slip, der wahrscheinlich braune Blutflecken hatte wie immer am ersten Tag ohne Tampon. Und wenn er die drei Hosen ein Stück weit heruntergerissen hatte, wie zerrte er sie dann über ihre Schuhe mit den Skiern dran? Oder würde sie einfach samt dem ganzen verwickelten Zeug an den Beinen vergewaltigt? Und ging das, im Schnee, wenn man einsank, das Vergewaltigen?

Ihre fettigen Haare unter der Mütze fielen ihr ein, und sie dachte, das ist absurd, dass mir das einfällt, muss ich dem Schwarzblauen etwa noch gefallen?

Pierre wusste nicht, dass sie jemanden angefahren hatte. Vor zehn Jahren, dachte sie, hätte ich es ihm gesagt.

Sie brauchte demnächst eine Pause, das schnellere Laufen hielt sie nicht mehr lange durch, sie atmete laut. Die Sonne war wieder sichtbar, silberweiß wie ein Mond, die Buckel und Höcker im Schnee hatten nun eine Schattenseite, und der Kranz der Berge schien näher.

Nun konnte sie, wenn er auf hartem Schnee lief, seine Skier hören.

Die Telefonnummer der Ferienwohnung hatte sie dabei. Kannst du bitte kommen? Einen Motorschlitten mieten? Mich retten? Ach so, du bist noch nicht angezogen. Ach so, du bist noch nicht mal rasiert. Pierre anzurufen, das war sinnlos. Besser gleich den Rettungsdienst. Notfall. Herzproblem.

Sie war am nächsten Tag zum Bahnhofskiosk gefahren und hatte den *Corriere* gekauft, aber nichts gefunden. Kein Toter bei Varese, keine Fahrerflucht, *latitanza del conducente*, sie hatte das Wort extra nachgeschlagen. Sie hatte sich überlegt, die Krankenhäuser der Region anzurufen. Oder die Polizei von Varese. Hatte sich nicht getraut. Weißt du, dass deine Hände zittern?, hatte Pierre gesagt. *Latitanza*, was für ein fröhliches Wort.

Wieder ein Knall aus dem Nichts, wieder so laut, als risse er Klüfte in die Schneedecke. Sie erschrak weniger als beim ersten Mal, war beinahe froh um den Knall, er bewies, dass sie mit dem Schwarzblauen nicht allein auf der Welt war.

Von weitem sah sie einen dunklen Strich im Weiß. Als sie merkte, dass es die Rückenlehne einer Sitzbank war, die aus dem Schnee ragte, beschloss sie, sich da hinzusetzen. Sie würde so lange sitzen bleiben, bis der Schwarzblaue das abwartende Stehenbleiben aufgab und zu seiner unbekannten Tat schritt – oder sie endlich überholte. Sie keuchte, und in ihren Ohren war ein Rauschen, so rauschte nachts die Heizung in der altrosa Wohnung. Als wollte die Sonne ihren Plan unterstützen, löste sie sich plötzlich aus den tüllweißen Himmelsschichten und wurde gelb. Maria öffnete die Skibindungen, setzte sich auf die Banklehne, streckte der Sonne das Gesicht entgegen, schloss die Augen. Das Sitzen war unbequem, aber sie würde nicht aufstehen. Ihre Hände, auf die Knie gelegt, zitterten plötzlich. Wahrscheinlich hatte sie während des Laufens die Stöcke zu verkrampft gehalten. Pierres Hände zitterten nicht, obwohl er trank. Pierre hatte niemanden angefahren, obwohl er trank.

Manchmal trieb ein Fetzen Tüll an der Sonne vorbei, dann wurde es gleich kälter.

Sie sah auf die Uhr.

Er stand.

Nach fünf Minuten stand er immer noch.

Auch nach sieben.

Die Kante der Banklehne drückte sich in ihren kalten Hintern.

Gestern Nacht war sie aufgestanden und hatte am Fenster des Schlafzimmers so lange auf den grünen Vollmondhimmel und die grün beschienenen Schneehänge geschaut, bis sie an der Kopfhaut fror.

Wer trat an einem Septembermorgen schon in der Dämmerung auf die Straße? Jemand, der auf den ersten Bus rannte, ein Bäckerlehrling. Jemand, der sich nach einer heimlichen Liebesnacht nach Hause schlich. Jemand, der zum Nachbarn lief, um auf den Markt zu fahren, mit Frischmais vielleicht, der wuchs dort, oder mit Würsten aus einem der fensterlosen Schweinezuchthäuser.

Auch sie gehörte ins Zuchthaus, für Verstümmelung oder Totschlag mit *latitanza del conducente* dort auf der scheinbar menschenleeren Straße zwischen den Eschenwäldern und Maisfeldern an einem Morgen im Frühherbst. Eben noch hatte sie auf der Fahrt gesungen, weil sie so früh war, dass ihr allein die Welt gehörte, das ganze flache morgenschleierige Land bis zu den morgenblauen Bergen.

Neun Minuten. Auch er hielt das Gesicht in die Sonne.

Er war nicht jung, war breit und schiefschultrig und trug eine glänzende enge Hose. Vom Gesicht unterhalb der Sonnenbrille sah sie noch immer nichts. Bestimmt hatte er riesige Hände.

Sie konnte kaum mehr sitzen, aber sie würde nicht aufstehen, und wenn sie von der Bankkante in zwei Stücke geschnitten wurde. Allenfalls würde sie sich vornüber in den Schnee fallen lassen, auf die Knie, und sich flachlegen, vor Allah und dem Schwertberg.

Wenn er kam, würde sie einen Ski in beide Hände nehmen und versuchen, sich ihn damit vom Leib zu halten, eine Zeit lang, er sah stark aus.

Wenn er kam.

Vielleicht kam er nicht.

War nur ein Phantom.

Oder war ein Schutzengel, in schwarzblauer Jacke und glänzender Hose. War dazu da, sie aus einem Schneebrett zu retten oder vor dem Erfrieren in einer mondgrünen Eisnacht. Danach würde sie ihn malen lassen und als Votivbild in die kleine Bergkapelle hängen.

Oder er war der Tod, der Rächer für das, was sie an einem Septembermorgen auf der Fahrt zur Grenze jemandem angetan hatte, und er ließ sie zappeln.

Elf Minuten.

Die Sonne war weg.

Sie stand auf, spürte den Schlag von vorne rechts, wo der Kotflügel wäre. Elf verlorene Minuten. Bis zur Arvalp war es schätzungsweise noch eine halbe Stunde. Sie bückte sich, wobei sich ein Schmerz in die Hirnschale entleerte, und schnallte die Skier an. Als sie sich aufrichtete, sah sie, dass da noch jemand war, der – unerwartet vom weißen Himmel in die weiße Welt gefallen – von der Arvalp her auf sie zulief und, weit weg noch, aber wie am Schnürchen gezogen, eilig näher kam: ein rosa Dress.

Die Angst, die von ihr abfiel, war so schwer, dass die Schneedecke schwankte.

Sie hörte die Skier des Schwarzblauen.

Er machte sich davon.

Von hinten sah er aus wie jemand voller Freundlichkeit.

Er wurde rasch kleiner.

Der rosa Dress hob kurz den Kopf, als er an Maria vorbeilief.

LILITH SCHILDERT IHRE ARBEIT

Max ist der Erste im Frühstücksraum, einer verglasten Veranda, und kaum hat er sich gesetzt, schießt ein Sonnenstrahl auf seinen Tisch. Max kommt sich vor wie ertappt, als hätte er sich soeben aus dem Jenseits in die Welt geschlichen.

Bruggmann schläft noch, es gehört sich irgendwie, dass der Chef länger schläft, das Treffen mit dem Vorstand der UAC ist erst um zehn. Bruggmann will ihn dabeihaben, weil er italienisch spricht, auch wenn die Verhandlungen auf Englisch ablaufen, sicher ist sicher, *non si sa mai*, man weiß nie.

Non si sa mai: das Motto seiner Mutter. Ihr würde es hier gefallen.

Jetzt ist die Veranda randvoll mit Sonne, der Kellner zerrt an den Vorhängen. Er bringt Kaffee und den Brotkorb, dann ein Kännchen Milch und ein Glas Honig, Max will abwinken, das brauche er nicht, aber dann sieht er die Sonne im Honig, diese Farbe!

Jetzt hat er ein Wort für Liliths Haare: *honeysun*.

Gestern hat er Bruggmann ihr Bild gezeigt. Meine Freundin Lilith.

Vor einem Dreivierteljahr hat er sie zum ersten Mal gesehen, als er auf Brunos Dachterrasse eine Fliege vom Fleisch scheuchte. Sie stand auf der anderen Seite des Tisches und sagte einen Namen, und er stellte sich mit Max vor, worauf sie lachte. »Lucilia heißt die Fliege«, sagte sie. »Ich heiße Lilith.«

Vor Lilith wusste er nicht, dass eine Fliege einen Namen hat.

Er wusste nicht, dass aus den ekligen Eiern der ekligen

Fliegen erst eklige Maden kriechen, die sich voll fressen und mehrmals häuten und verpuppen, und dass aus der Puppe wieder eine eklige Fliege schlüpft. Und auf Brunos Dachterrasse Eier aufs Fleisch legt.

Vor Lilith hat er beim Wort Metamorphose immer an eine wunderbare, zauberhafte Verwandlung gedacht.

»Sie ist Entomologin«, hat er zu Bruggmann gesagt, »an der Universität.« »Was machen die schon wieder?«, hat Bruggmann zurückgefragt, »Ento, Etno, Eto... – ich verwechsle das immer.«

Max weiß auch nicht genau, was Lilith macht.

»Ich muss zu meinen Insekten«, sagt sie, wenn sie frühmorgens aus dem Bett schlüpft. »Verpupp dich noch mal schön.« Er wundert sich, wie gern sie geht. Zu Fliegen, Flöhen, Ohrwürmern, warum, Lilith? Sie hat gesagt: »Stell dir einfach mal vor, sie wären so groß wie wir.«

Langsam wärs Zeit für Bruggmann.

Der Honig ist flüssig und rinnt als feiner Faden vom Löffel. Er könnte damit auf den Teller schreiben.

*

Das Treffen mit der UAC war rundum erfolgreich. Italienisch kam nur bei der Bestellung des Mittagessens vor. *Carciofi lessi. Uccelli scappati.* Trotzdem: Seither ist er Bruggmanns rechte Hand. »Dann baut ihr jetzt also den Staudamm?«, hat Lilith gefragt. Max lacht. »Was heißt ›wir‹, den baut die UAC.« Aber man wird ihn bestimmt bald mal hinschicken, ohne Bruggmann. Er wird Lilith fragen, ob sie mitkommt, und sie werden in einer Fünfsternlodge unter einem Palmblattdach schlafen, der Pool wird plätschern, die Nacht wird lau sein.

Davon sagt er Lilith noch nichts.

Sie ist beschäftigter denn je, schläft meistens bei sich zu Hause. »Wollen wir heute essen gehen?« – »Nein, heute nicht, wir haben grad einen wichtigen Fall.«

Das klingt ja wohl etwas übertrieben: ein wichtiger Fall, denkt Max, eigentlich müsste es mich amüsieren, dass sich Lilith eine Made unters Mikroskop schiebt und dazu ein Gesicht macht, als wäre das eine Gerichtsverhandlung. Oder ein Staatsempfang.

Sie hat ein unwahrscheinlich bewegliches Gesicht, kann es verändern, als wärs aus Knetmasse, sie macht Leute nach, wenn sie fernsieht, einen säuerlichen Erzbischof, eine geliftete Dame, stülpt einfach eine Lippe vor oder zieht einen Nasenflügel hoch und gibt die richtigen Zisch- oder Blubbertöne von sich.

Kürzlich im Warenhaus hat sie sich plötzlich nach ihm umgedreht, eine übergroße schillernde Sonnenbrille im Gesicht, das schwarze Preisschild hing über der Nase, darunter machte ihr Mund ein paar saugende Bewegungen, und er wusste sofort, dass sie eine Fliege war.

Manchmal lacht er laut heraus.

Neulich am Empfang der UAC hat ihm Bruggmann ein anerkennendes Nicken angedeutet, nachdem sich Lilith vorgestellt hat.

Sie war sofort im Gespräch mit allen möglichen Leuten, er hat ihr zugeschaut, wie sie sich von Gruppe zu Gruppe bewegt hat, die Flut der Honighaare über dem schmalen Rücken, über dem grünen Glitzerkleid. Einmal hat sie ihn von hinten am Ärmel gezupft, und als er sich umdrehte, hatte sie Bruggmanns Gesicht auf: sein energisches Kinn, das eine Auge leicht schielend.

Es fällt ihm immer wieder von neuem auf, dass sie grüne Augen hat.

Sie habe Biologie studiert, sagt Lilith, als sie zu Besuch bei seiner Mutter sind. »Mi piaciono gli animali«, ruft seine Mutter und sucht die Fotos ihrer verstorbenen Katzen hervor. Sie tut ihm Leid, wenn sie sich so bemüht zu gefallen. Weil sie weiß, dass sein Besuch mit Lilith etwas Beiläufiges haben soll – koch ja nichts, hörst du? –, hat sie den Tisch nicht gedeckt, aber in der Küche steht alles bereit auf zwei Tabletts, die Teekanne vorgewärmt und die Stoffservietten gefaltet.

»Wie aufregend«, sagt seine Mutter, als er die erfolgreichen Verhandlungen mit der UAC und den Bau des Staudamms erwähnt.

»Aufregend, das stimmt«, sagt Lilith. »Besonders für zirka hunderttausend Bauern.«

Es ist das erste Mal, dass er Kritik von ihr spürt. Als er ihr damals an ihrem ersten Abend seine Arbeit geschildert hat und wie sich Karriere machen lässt und was er sich erhoffen kann, da hat sie still zugehört, und er hatte das angenehme Gefühl, sie sei beeindruckt.

Sie waren beide ein bisschen betrunken.

Vor seiner Schlafzimmertür sagte sie, sie habe keinen Reißverschluss, den er öffnen könne, und zog noch im Gehen das T-Shirt über den Kopf. Dann hob sie beide Arme und löste eine Haarklammer.

Ihr Haar hat sich wie Flüssigkeit über die Schultern ergossen und bis über die Brustwarzen.

Er ist erschrocken, dass etwas so schön sein kann.

»Warum hast du das von den hunderttausend Bauern gesagt?«

»Es ist mir so rausgerutscht. Entschuldige.«

»Die Bauern werden entschädigt.«

»Und dann?«

»Und dann wird gebaut.«

Lilith habe sehr schöne Hände, sagt seine Mutter am Telefon. »Kommt ihr wieder mal?«

Was du nicht weißt, Mutter: Mit den schönen Händen zerschneidet sie reiskorngroße Maden und seziert Tiere, die *Käsefliege* heißen oder *rotbeiniger Schinkenkäfer*. Einmal waren wir zusammen auf dem Markt, und ich schaute mir die Himbeeren genauer an. »Ich will keine mit Würmern drin«, sagte ich. »Maden«, sagte sie, »nicht Würmer, komm mal zu mir in die Insektenstunde.«

Die Stunde hat stattgefunden, sie lagen auf dem Bett, sie erklärte, warum ein Wurm keine Made oder warum eine Spinne kein Insekt ist, er sagte, danke, Frau Professor und küsste sie, und sie fing an zu schildern, wie ein Stubenfliegenweib im April seine Eier in irgendeine Scheiße legt, und dann bis im September theoretisch rund fünf Billionen Nachkommen haben kann, »stell dir das mal vor«, sagte sie, »zig tausend Tonnen Fliegen, diese Schwärze«. Sein frohgemuter Penis verlor dabei an Höhe.

Wenn die Menschheit untergeht, übernehmen die Insekten, davon ist Lilith überzeugt.

»Zieh bei mir ein, bevor wir untergehen«, sagt er. Aber Lilith will nicht. Es sei ihr zu weit weg vom Institut. Manchmal geht sie am Abend nochmals hin, um ihre Lebendmaden zu kontrollieren und allenfalls zu füttern. »Womit?« – »Ach, mal mit dem, mal mit jenem.« – »Soll ich mitkommen?« Auch das will Lilith nicht.

Am Freitagabend zieht sie jeweils bei ihm ein, mit einer Ladung Zärtlichkeit, die viel zu groß ist für nur ein Wochenende, und mit einer prallvollen Tasche, die sie oft gar nicht aufmacht. Meistens läuft sie in seinem Morgenmantel rum, liest in seinen Büchern und hört seine Musik, und meistens will sie bitte nicht ausgehen, sondern im Morgenmantel auf seinem kleinen Balkon sitzen und sich ausmalen, was sie zusammen kochen könnten.

Das ist dann dick mit Glück bestrichene Zeit.

Manchmal hat er das seltsame Gefühl, dass sie weit auseinander treiben, sogar wenn sie sich umarmen oder Hand in Hand flanieren, er weiß nicht recht, woran das liegt. Zum Beispiel sagt sie »Wie schön« und zeigt auf einen kugelrunden Busch gelber Margeriten, »man könnte sich die Hände dran wärmen.« Aber als er dann sagt, komm, und sie in den Laden zieht, weil er ihr die Blumen schenken will – es ist eine Topfpflanze, da wird sie lange was davon haben, dafür gibt er gerne was aus –, da sagt sie nein. Sie sei ja den ganzen Tag nicht zu Hause, schade um das leuchtende Gelb. Und im Institut? Da habe sie keinen Platz. Nicht mal auf dem Fensterbrett? Nein, da stünden alle ihre Gurkengläser mit den Tieren, das sei als Standort ideal, südöstlich, und ein Fenster aus Mattglas. Der Verbandsmull in den Zuchtgläsern, nur ein kleines Stück, wassergetränkt, bleibe feucht, bis die Tiere schlüpften.

Und während sie spricht, findet dieses Auseinandertreiben statt, und er kann nichts dagegen tun.

Wo hat sie immer neue Maden her?

Es kommt vor, dass er Lilith eine ganze Reihe von Tagen nicht sieht, wenn sie auf Exkursion geht mit dem Professor, der dick und fleischig und haarlos ist und, sagt Lilli, »gleich bleibend freundlich«. Einmal hat er im Kino zwei Reihen vor ihnen gesessen.

Bruggmann lädt ihn und Lilith zum Abendessen ein, als sie mit dem Professor unterwegs ist, verschiebt ihretwegen das Essen um eine Woche, aber als Lilith wieder da ist, ruft sie an und sagt, sie habe einen Ausschlag, der jucke, sie fühle sich krank.

Er entschuldigt sich bei Bruggmann, »Lilith hat irgendwas aufgelesen«.

Das Essen findet auch ohne Lilith statt.

Bruggmanns haben eine Haushaltshilfe. Sie stellt das Essen in die Durchreiche, und Bruggmanns Frau bringt es zum Tisch, dann wird die Durchreiche geschlossen.

Bruggmann nennt seine Frau »Frau«, ruft: »Frau, wie hieß schon wieder das wunderbare Hotel in Rotterdam?«, sie jedoch macht den Eindruck, als würde sie lieber Schätzchen oder Honey gerufen. Noch vier weitere Gäste sind da, ein älteres Paar aus Basel, ein Amerikaner und ein Däne, alle sind in internationalen Finanzgeschäften tätig, außer dem Dänen, der arbeitet für irgendeine Drittwelthilfe. Man spricht englisch, Max sucht manchmal verzweifelt seinen Kopf ab nach einem Wort, *Unterentwicklung, aufforsten, aussichtsreich.* Sobald das Gespräch etwas hitzig wird, setzt Frau Bruggmann ihre perlende Munterkeit ein. Schade, dass sie so winzige Zähne hat, einen Reißverschlussmund.

Bruggmann erkundigt sich nach Lilith. Der Mann aus Basel erwähnt eine anrollende Welle von Darmgrippe, und seine Frau erzählt, dass sie schon letztes Jahr etwas Ähnliches eingefangen habe, sie schildert ausführlich, wie dünn es herauslief und dass sie halbe Nächte auf der WC-Schüssel verbracht habe, und Max hat das Gefühl, dass sich alle am Tisch nur ungern vorstellen, wie der ziemlich dicke Hintern der Frau in der Schüssel hing und dann und wann etwas ausspritzte. Plötzlich riecht es sauer.

Er ist froh, dass Lilith nicht da ist.

Sie hat gesagt, ihre Beine seien heiß und voller roter Punkte, auch die Taille.

Die Haushaltshilfe schiebt die Durchreiche auf und stellt eine Schüssel hin. Max kann ihr Gesicht sehen. So hat er sich als Kind eine Squaw vorgestellt.

Der Däne sagt, nach einem Staumauerbau schaffe die intensive Bewirtschaftung neue Probleme – versalzte Böden zum Beispiel. Oder Malaria, wegen der stehenden Gewässer, *stagnant water*. Bruggmann ist aufgestanden, um Zigarren zu holen. »Frau, willst du auch eine?«

Zu Hause nimmt Max den angeknabberten Rest einer Pizza aus dem Kühlschrank, stellt sich im Dunkeln ans Fenster und isst, ohne abzusetzen, als hätte ihm das jemand befohlen. Er weiß plötzlich nicht mehr, ob er gerne ist, wo er ist.

Der Telefonbeantworter blinkt. »Hallo, ich bins. Wars schön bei Bruggmanns? Wette, es gab kalte Suppe.« Sie gehe morgen wieder arbeiten, sie sei nahezu okay.

Es hatte tatsächlich kalte Suppe gegeben. *Cucumber soup. They call it »Indian ice«.*

Er nimmt sich vor, Lilith morgen im Institut abzuholen, und dann – Überraschung – werden sie an den Rhein fahren, im Hecht auf der Terrasse sitzen, Fisch essen, und Lilith soll wieder so lachen, dass man sich nach ihr umdreht. Das Lachen ist das Beste an Lilith, das und ihre grünen Augen.

Im Institut für Biologie kennt man Lilith nicht.

Das ist ja lächerlich. Tag für Tag geht sie ins Institut, und nun ist sie nicht vorhanden. Max kommt sich vor, als habe er in einem Film eine Rolle gekriegt:

Gehen Sie nun durch die Korridore der Universität, schlendern Sie nicht, schreiten Sie aus, im Ausdruck bitte etwas verstörter, sehen Sie sich suchend um, stellen Sie sich an die Balustrade, und blicken

Sie gedankenverloren hinunter in den Lichthof. »Mittags ess ich meistens eine Kleinigkeit im Lichthof, irgendwas Ungesundes«, hat Lilith gesagt. Es kann doch nicht alles erfunden sein, was sie erzählt hat, wenn es auch nicht viel war. Es kann doch nicht sein, dass sie ihn belügt. *Richten Sie sich ruckartig auf, gehen Sie die Treppe hinunter, zwei Stufen aufs Mal nehmend, reißen Sie die Tür der Kanzlei auf.* Und wenn man auch hier nichts weiß von Lilith?

»Das haben wir gleich«, sagt die Kanzleisekretärin und setzt sich an den Computer. »Leo weiß alles.« Leo ist ein Dalmatiner aus Plüsch und lässt ein Bein über den Bildschirm hängen. *Lächeln Sie angestrengt. Reiben Sie mit der rechten Hand die linke, gut, weiter so.*

»Hier! Institut für Rechtsmedizin, Eingang West, Zimmer 5a.«

Danken Sie ihr. Gehen Sie locker zur Tür. Sagen Sie noch etwas Nettes zum Hund.

Rechtsmedizin. *Machen Sie ein fassungsloses Gesicht.* Inzwischen ist es schon fast sechs. Er rennt, sucht diesen Eingang West. Endlich, 5a. Er klopft, es bleibt still, die Tür ist nicht abgeschlossen, er geht hinein. Da ist dieses Milchglasfenster, da ist Liliths Zebrajacke über dem Stuhl, da ist die Zebratasse auf dem Tisch, die hat er ihr gekauft, damit sie es schwarz auf weiß habe, dass er dauernd an sie denke. Sie hat gelacht. Später hat sie gesagt, in Afrika sei das Zebra nicht schwarz gestreift, sondern sei ein schwarzes Tier mit weißen Streifen. Übrigens werde behauptet, die Streifen seien für die Tsetse-Fliege verwirrend.

Die Broschüre neben der Zebratasse hat den Titel *Insektenkundliche Begutachtung bei Faulleichen.* Langsam setzt er sich auf Liliths Stuhl. »Mi piacono gli animali!«, hat seine Mutter gerufen.

Im Hecht Fisch essen, das wars, was er wollte, vor einer halben Stunde noch.

Es fällt ihm ein, wie es war, als er Lilith das erste Mal angefasst hat. Ihre Haut wie Wachs, das noch warm ist und noch nicht erhärtet.

Nun hört er Schritte im Korridor, ein Wische-Wische mit Zwischenklick, er weiß nicht, ob das Liliths Schuhe sind, es hält vor 5a an.

»Du?«, sagt Lilith nur.

Lilith im dunkelblauen Hemd, seinem Hemd, die Ärmel hochgekrempelt. In der Hand hat sie eine Plastikdose.

»Was ist los?«

Die Leine ist los, das Band ist los. Sie sind so weit wie noch nie auseinander getrieben.

Max steht auf. »Ich wollte dich abholen und mit dir an den Rhein fahren. Zum Fischessen. Überraschung.«

»Überraschung gelungen.«

Er weiß nicht, ob sie sich freut oder ärgert.

Aber dann rennt sie das kurze Stück von Tür bis Tisch, legt den Kopf an seine Schulter, steht ganz still.

»Ich habe reserviert«, sagt er.

Sie steht immer noch still.

»Was hast du in der Dose da?«

Lilith geht zum Fenster, legt die Dose auf den Sims.

»Bloß Futter. Für meine Mädchen.«

»Mädchen?«

»Für meine kleinen Maden.«

Draußen hat das Abendlicht plötzlich die Farbe gewechselt, fällt bläulich und diffus durch die Milchglasscheibe und macht aus dem Zimmer ein Aquarium. Lilith, immer noch an seine Schulter gelehnt, atmet anders, als schnappe sie nach Luft. Und wie unter Wasser ist plötzlich der Ton weg.

Er bleibt stumm, wenn er den Mund bewegt.

Lilith stößt sich ab, gleitet zum Stuhl und greift sich die Zebrajacke. »Gehen wir?«

Erst will er das Futter sehen.

Lilith zögert.

Dann löst sie den Deckel von der Dose.

Er sieht ockerfarbenes, leicht breiiges Fleisch mit weißlichen Rändern, kleiner als eine Briefmarke.

»Lilith, was ist das?«

»Gewebe.«

»Wovon?«

»Von einer Leiche.«

Liliths Stimme ist plötzlich laut geworden.

»Und wenn du es genau wissen willst: Weichteilreste sind das! Fäulnisverändert! Faulleiche heißt das! Wahrscheinlich Totschlag. Wahrscheinlich vor drei Monaten! Bist du jetzt zufrieden? Soll ich dich jetzt küssen?«

Sie knallt den Deckel zu.

Später, sie sind schon auf der Autobahn, fragt er: »Warum, Lilith? Warum nicht einfach ein bisschen nettes, frisches Hackfleisch?« Er mag seine Stimme nicht, sie hört sich quengelnd an, fast weinerlich. Er ist froh, dass er nichts mehr zu sagen braucht, während Lilith ihre Arbeit schildert, froh, dass er geradeaus auf die Straße sehen muss und nicht in Liliths Augen. »Schmeißfliegen legen ihre Eier zu Hunderten in die Augenhöhlen der Toten, in die Nasenlöcher oder in frische Wunden.«

Es sind vereinzelte Sätze, die ihn leer schlucken lassen.

»Sind die Maden mal geschlüpft, fangen sie an, von dem Fleisch zu essen.«

Er hofft, dass Lilith sein Schlucken nicht bemerkt.

»Die sammeln wir dann ein.«

Es kann sein, dass man ihren Tisch im Hecht nicht länger als bis acht reserviert hält.

»Auf heroinbelastetem Leichengewebe entwickelt sich die Fleischfliegenlarve übrigens schneller als üblich.«

Die Autobahn führt schnurgerade in sanftes Abendgold, trotzdem klammern sich seine Hände fest, als säße er in der Achterbahn und warte auf den Sturz in die Tiefe.

»Um die Todeszeit zu schätzen, muss die postmortale Liegedauer errechnet werden – eben anhand des Larvenbefalls beziehungsweise anhand der verschiedenen Besiedlungswellen.«

Er versucht, sich den Fisch vorzustellen, den er gleich bestellen wird.

»Zum Beispiel ist die Käsefliege typisch für die vierte Besiedlungswelle, drei bis sechs Monate post mortem. Ihre Larven können bis zu fünfzig Zentimeter in die Höhe springen, was auf einer Leiche seltsam wirkt. Kannst du dir das vorstellen?«

Es ist noch warm auf der Terrasse im Hecht, hinter den Rauten des Geländers bewegt sich träge der Fluss. Lilith hat rheinwassergrüne Augen.

»Du hast rheinwassergrüne Augen.«

Sie lacht und sagt, sie wäre gerne die Lorelei.

Später, als der Fisch gegessen ist – auf dem Tisch Calvados und vielfach zerkrümeltes Brot – sagt er: »Sargbuckelfliege, was für ein Wort.« Tage und Wochen danach, wenn er über das unschöne Ende nachdenkt, wünscht er sich, diese Bemerkung hätte es nicht gegeben.

Sargbuckelfliege, was für ein Wort.

»Ich sag dir mal«, entgegnet Lilith, und während sie spricht, wirft sie die Krümel übers Geländer, »ich sag dir mal, was *ich* ekelhaft finde. Bei uns im Kühlraum liegt ein Mann, der ist tot, weil ein Staudamm gebaut wird. Euretwegen ist der Bauer Mazlum tot.« Sie spricht rasch und leise, als memoriere sie eine Hausaufgabe, und sie sieht ihn dabei kaum an. Mazlum sei gezwungen worden, sein Land, das überschwemmt werde, zu verkaufen, zu einem miserablen Preis. Er und zigtausend andere seien weggezogen, in die Armensiedlungen von Istanbul oder Ankara. Dort seien ihre Wellblechverschläge von den Bulldozern der Polizei weggewalzt worden, Mazlum sei mit Schleppern nach Apulien gekommen, habe dann hier Asyl gesucht, aber keins erhalten, er werde ja nicht politisch verfolgt.

Sie steht auf und sagt im Stehen: »Er hat sich umgebracht, zwei Monate hat er in einem Wald gelegen. Sein Bruder ist inzwischen zurückgefahren.«

Alles scheppert, so heftig hat sie den Stuhl an den Tisch geschoben. Ganz nah an seinem Gesicht sagt sie noch: »Ich hab ein Stück von Mazlums Haut in einem meiner Gurkengläser.«

Er hätte es merken müssen, dass sie nicht aufstand, um zur Toilette zu gehen. Er hätte es merken müssen, dass sie aufstand, um ihn zu verlassen.

Jemand wird sie im Auto mitgenommen haben, während er am Tisch nach einer Entgegnung suchte.

Sie hat ihn nicht mehr sehen wollen.

Einmal kommt sie im Traum – da wohnt er bereits mit Regula in der Vierzimmerwohnung – und bringt wieder diese prallvolle Tasche mit und diese unsägliche, unendliche Zärtlichkeit. Er streichelt ihre nackten Schultern und sieht ohne Staunen, wie ihre Augen wachsen und sich wie zwei Halbkugeln über Stirn und Schläfen legen, nicht mehr grün jetzt, sondern rotgolden schimmernd. Gleich wird sie fliegen.

TU NICHT SO

Dass Herr Flühmann ihretwegen mit den Kleidern ins Wasser gesprungen ist, weil er sie hat retten wollen, das ist Stasi unendlich peinlich. Er streift sich die triefnasse Hose ab und hängt sie zum Trocknen an einen Baum. Stasi wagt nicht so recht hinzusehen. Es ist Stasi umso peinlicher, weil sie sich bedankt hat und ihm nicht gesagt hat, dass sie schwimmen kann wie ein Fisch.

Flühmanns sind erst vor kurzem aus den Bergen hierher an den Grumensee gezogen. Irma Flühmann hat Stasi sofort gefallen: das dunkle, glänzend glatte Haar, die bräunliche Haut, der singende fragende Dialekt.

Irmas Frage, ob sie am Sonntagmorgen mitkommen wolle, hat Stasi unendlich gefreut. Seit Tagen hat sie nur noch an diesen Ausflug gedacht. Irma will meine Freundin sein, denkt sie immer wieder, bis der Gedanke singt in ihrem Kopf.

Sie haben fast die gleichen Badekostüme, dunkelblau mit je zwei beziehungsweise drei weißen Streifen.

Sie sind beide elf Jahre alt.

Der Sommermorgen ist wolkenlos.

Die Frau blickt zurück und rechts den grünen Hang hoch. Niemand sonst unterwegs, denkt sie erleichtert. Gut, dass ich so früh losgezogen bin. Ich schaff das schon. Links schimmert der Grumensee, Schloss Grumensee auf der anderen Seite ist im Dunst zu erahnen.

Die Frau läuft rasch, sie will die tote Stasi in ihrem Rucksack endlich begraben. »Anastasia Haller« steht auf der Plakette der Urne, aber Stasi war immer Stasi, auch als in der DDR der Staatssicher-

heitsdienst als Stasi seinen Terror ausübte. Seit acht Jahren liegt Stasis Asche schon in dieser Urne. Die Frau weiß nicht genau, wie die Urne zu öffnen ist, sie hat drei verschiedene Zangen und den Hammer eingepackt.

Das Herbstlaub ist so trocken, dass es viel zu laut raschelt. Wieder schaut die Frau vorsichtig nach allen Seiten.

Weit draußen auf dem See ist ein Fischerkahn, er bewegt sich nicht.

Sie liegen auf dem Tuch, Stasi möchte mit dem Finger über Irmas braunen Arm fahren. »Ich will Krankenschwester werden«, sagt Irma. »Und du, weißt dus schon?« Ja, das weiß Stasi schon lange. Sie will so berühmt werden wie Johnny Weißmüller, im Schwimmen sind Frauen nämlich an der Olympiade zugelassen. Aber das kann sie Irma nicht sagen, wo sie sich doch von Herrn Flühmann hat aus dem Wasser ziehen lassen. Irma denkt doch, Stasi könne auch nicht schwimmen.

»Bestattungsamt, Zeidel, ja bitte?«

»Guten Tag, Herr Zeidel, mein Onkel ist ins Heim gezogen und hat die Urne seiner Frau dabei, und die will man da im Kleiderschrank nicht haben, also soll sie bestattet werden; ich hab gesagt, das übernehme ich.«

»Amtshaus drei, vierter Stock, acht bis elf, außer Samstag.«

»Mit der Urne?«

»Nein, mit dem Totenschein.«

»Hab ich nicht, nur die Tote.«

»Dann Amtshaus drei, dritter Stock, Schalter vier für Totenscheine. Mitzubringen ist die Vollmacht des Ehemannes. Wünscht die Tote Urnengrab oder Gemeinschaftsgrab? Letzteres kostet für Stadtbürger 338 Franken. Sie kann auch warten, bis der Ehemann stirbt und sich dann kostenlos mit ihm zusammen bestatten lassen.«

»Aha. Ich werde sie mal fragen.«

Herr Flühmann hat keinen Badeanzug dabei. Seine weiße Unterhose klebt nass an den weißen Beinen. Stasi betet zur Sonne, sie möge bitte Herrn Flühmanns Hose auf dem Baum ausnahmsweise rascher trocknen als anderes. Herr Flühmann hat mit Heinz und Kurt, den beiden Flühmann-Jungen, die Angelrute zusammengesteckt und das ganze Zubehör neu sortiert. Nun begibt sich Herr Flühmann mit der Rute auf den kleinen Holzsteg, von dem Stasi sich vorhin hat ins Wasser gleiten lassen. Kurt hält Stasi die Wurmbüchse unter die Nase, Irma schreit auf: »Lass das!« Zuerst darf Heinz die Rute halten. Stasi kniet sich neben ihn, dann sieht sie in der Beinöffnung seiner Turnhose etwas Fleischiges. Erschrocken steht sie auf und macht einen Schritt zurück. »Fall mir nicht noch mal ins Wasser«, sagt Herr Flühmann. »Diesmal lass ich dich ertrinken.« Irma sagt: »Mein Vater macht bloß Spaß.«

Begrab dich selber, Zeidel, in deinem Amtshaus drei, denkt die Frau. Ich kann die Stasi auch ohne dich begraben. Die Callas ist in der Ägäis verstreut, der Meienberg in der Seine, der Einstein in Irgendwo, warum soll die Stasi so was nicht auch dürfen. Sie war lange genug in einem Kleiderschrank eingesperrt, zwischen den Schuhen des greisen Ehemanns. Manchmal knistert es leicht in der Luft, das sind Blätter, die sich soeben vom Baum gelöst haben und nun taumelnd fallen. Über Erlen, Pappeln, Weiden spannt sich makelloses Himmelblau. Die Frau ist zufrieden, sie hat einen schönen Herbsttag erwischt. Sie versucht an die Stasi zu denken, aber sie schweift immer wieder ab, denn sie weiß wenig von der Stasi, sie ist ihr nur selten begegnet. Gescheit sei sie gewesen, zu gescheit, unfähig zu einer regelmäßigen Arbeit, ein Glück, habe sie einen Mann gehabt.

Der Fisch beißt an, als Kurt die Rute hält. Herr Flühmann übernimmt, neigt den Kopf schräg vor, als horche er auf eine innere Stimme, die ihm sagt, wann er die Schnur einziehen und wann er innehalten soll. Irma kreischt, als der silberne Blitz auf den Holzsteg schlägt und dann nochmals, als Herr Flühmanns Hand mit einem Stein auf den Fischkopf saust. »Tu nicht so«, sagt Herr Flühmann, »wir sterben alle mal.« Inzwischen hat er wieder die lange Hose an, Stasi hat sich bei der Sonne bereits bedankt. Sie beneidet Kurt und Heinz, die sich ins Wasser werfen und um die Wette schwimmen. Sie wäre auf jeden Fall schneller.

Als die Frau dem Onkel sagte, sie könnte Stasis Asche statt auf einen Friedhof irgendwo in die freie Natur bringen, schlug er den Silsersee vor, wegen Nietzsche und weil die Stasi mal gesagt hatte, hier würde sie gerne sterben. Aber der Frau war der Silsersee zu weit, und als sie den Grumensee erwähnte, hatte der Onkel vergessen, worum es ging. Nimm, sagte er wieder, und zeigte auf die Weintrauben auf seinem Nachttisch. Sie fing noch mal von vorne an, und der Onkel war einverstanden, die Stasi sei als Kind oft im Grumensee geschwommen. Er habe ein offenes Bein, ob sie das wisse, er schlafe schlecht. Nimm, sagt er wieder und zeigte auf die Weintrauben. Er schlafe sehr schlecht. Und er habe ein offenes Bein, ob sie das wisse.

Drei Fische hat Herr Flühmann gefangen und ausgenommen, nun schickt er die Kinder los, Holz zu sammeln. »Ich esse nichts«, sagt Irma. »Das werden wir dann noch sehen«, sagt Herr Flühmann und packt Brot und Salz aus. Stasi hat Hunger. Sie kann immerzu essen und bleibt doch mager. Schau mal, deine Schlüsselbeinchen, hat Stasis runde Mutter gesagt, warum bist du bloß so ein dünnes Hühnchen? Dafür hat Stasi eine Überfülle von gekringelten Haaren, hellblond, fast weiß, im Nacken zu einem Zopf gebündelt, und die vielen Härchen, die vorstehen, sehen aus wie Löwenzahn zum Wegpusten. »Hast du gesehen«, sagt Irma, »in der Klasse bekommen schon drei einen Busen.« »Ich werde nie einen bekommen«, sagt Stasi.

Hier, denkt die Frau, und steigt die rutschige Böschung runter. Gelblaubige Bäume rahmen ein Stück See und Himmel, das Wasser plätschert träge gegen Schilf, Kalenderblattbild für Oktober. Zuerst legt die Frau die Kamera bereit. Sollte jemand vorbeikommen, wird sie so tun, als fotografiere sie. Sie öffnet den Rucksack, greift an der Urne vorbei in die Tiefe und merkt, dass sie vergessen hat, die Schaufel einzupacken. Wie konnte sie nur, sie hat sich doch im Kopf immer wieder zurechtgelegt, was sie mitzunehmen hat. Entschuldige, Stasi. Sie sucht am Wasser einen schartigen Stein und fängt an, Laub und Erde wegzuscharren. Es geht überraschend leicht, die Erde ist ganz locker und etwas feucht, wie allerbeste Kompostmischung. Ab und zu schaut die Frau die Böschung hoch.

Herr Flühmann hat dicke Brotstücke geschnitten und gebratenen Fisch draufgelegt. Stasi muss den Mund weit aufsperren, um richtig zuzubeißen. »Na, Großfürstin Anastasia?«, sagt Herr Flühmann, »schmeckts?« Warum Großfürstin, will Irma wissen. Und als Herr Flühmann sagt, vor ein paar Jahren sei in Russland die ganze Kaiserfamilie ermordet worden, aber nun heiße es, die Tochter Anastasia sei vielleicht noch am Leben, da weiß Stasi nicht, ob sie sich freuen oder schämen soll. Sie möchte auf keinen Fall, dass Irma neidisch ist, weil sie so heißt wie eine Kaisertochter. Hoffentlich ist die tot. Irma hat den Fisch nun doch gegessen, weil er ihr geschmeckt hat, aber sie macht ein leidendes Gesicht, als sie zu Stasi sagt: »Wir wollen die Fischköpfe beerdigen.«

Es graust der Frau vor dem Öffnen der Urne. Tu nicht so, sagt sie zu sich. Ein Draht ist durchzutrennen, dann lässt sich der Deckel abheben. Ich hätte Handschuhe mitnehmen sollen, denkt die Frau. Ent-

schlossen packt sie zu und leert die Stasi aus. Die Asche klirrt ganz leicht und sieht nicht wie Asche aus, sondern wie hellgraue kleine Tonscherben, wie ein altes Stück Geschirr, das jemand in großer Wut zertrampelt hat. Zu genau mag die Frau nicht hinsehen, hastig schaufelt sie mit Stein und Schuhen das Loch zu, vergisst nicht, die Böschung hochzuschauen. Sie zerrt einen morschen Baumstumpf aufs Grab, er ist überwachsen mit blassgelben fleischigen Pilzohren, das sieht aus, als ob er nach allen Seiten lausche. Die Frau löst noch ein paar Brombeerranken, die sich am Boden festgekrallt haben, und drapiert sie neu um den Baumstumpf. Los, wachst!

Irma will die Fischköpfe nicht anfassen, das muss Stasi tun, dafür bindet Irma geschälte Weidenäste mit Gras zu drei Kreuzen. Die Ecken des Grabes markieren sie mit Rohrkolben. So was Blödes, findet Kurt. Heinz sagt nichts, und als sich Stasi und Irma nach der Beerdigung auf den Holzsteg setzen und auf den See hinausschauen, kommt auch Heinz. Seine braunen und Stasis helle Beine, nebeneinander baumelnd, machen den Eindruck, als seien sie nicht aus demselben Material. Stasi merkt, dass sie Heinz gefällt. Am anderen Ufer blitzt Sonne in den Fenstern von Schloss Grumensee. »Möchtest du mal in einem Schloss wohnen?«, fragt Irma. »Nein«, sagt Stasi schnell. Sie will nicht, dass Irma wieder an diese ermordete Anastasia denkt. »Ich schon«, sagt Irma. Wer weiß, was aus uns wird, denkt Stasi und beschließt, nicht zu sagen, was sie gerade gedacht hat.

Die Frau setzt sich, schaut hinaus auf den See – der Fischerkahn, eben noch da, ist verschwunden – und versucht nochmals an Stasi zu denken, indem sie aufzählt, was sie von ihr weiß. Dass sie am Tisch vornübergefallen ist, in den Teller mit Reis, und dass sie gleich tot war. Dass sie, nachdem ihr kleiner Junge gestorben war, lange Jahre mit dem Onkel in Schweden lebte. Dass sie von da immer geräucherten

Fisch zu Weihnachten schickte, den niemand essen mochte. Dass es immer geheißen hat, sie schreibe an einem Buch. Dass sie dick war und hellblond, auf jeden Fall hat die Frau als Kind ein paar Mal eine dicke, hellblonde Tante Stasi gesehen.

Herr Flühmann schläft auf Stasis Tuch. Heinz will den Mädchen eine Biberburg zeigen, aber Irma hat keine Lust. »Komm, wir singen«, sagt sie. »Weißt du, wie viel Sternlein stehen.« »Ist doch Tag jetzt«, sagt Heinz. Stasi ist froh, dass Heinz nicht singen will. Wenn der Herr Pfarrer im Kindergottesdienst ein Lied zuerst vorsingt und die Töne so süß aneinander klebt, weiß Stasi, dass sie das nicht kann. Sie getraut sich nicht, süß zu sein. Und sie erstarrt, wenn er sie anlächelt. »Anastasia, die Auferstandene, wie schön«, hat er gesagt. Und Stasi hat schnell weggeschaut. Wenn sie nur nicht mehr in den Kindergottesdienst müsste. Jetzt, wo sie weiß, wie das Ding aussieht zwischen den Beinen von Heinz und daran denken muss, dass am Pfarrer auch so was ist.

Die Frau macht für den Onkel einige Fotos, längs, quer, mit Schilf und mit Schloss Grumensee drüben im Dunst. Als sie den Rucksack mit der leeren Urne hochhebt, erschrickt sie: Er ist noch genauso schwer wie vorher. Das heißt, denkt sie mit Unbehagen, so leicht war Stasis Asche. So leicht ist das, was von uns bleibt.

Auf der Heimfahrt im Autoradio spielen sie Carl Philipp Emanuel Bach. Erst will die Frau umschalten, dann lässt sies. Requiem für Knochenscherben. Es gibt Länder, in denen verboten ist, was sie gerade gemacht hat. Sie hofft, dass der Baumstumpf an Ort und Stelle bleibt. Angenommen, ein Hund oder ein Zufall bringt die Asche wieder zum Vorschein, wird dann ein Verbrechen vermutet? Sie hätte das Loch tiefer machen müssen. Aber jetzt kehrt sie nicht mehr um. Niemand hat sie gesehen.

Wenn ich Irma nur nicht sagen müsste, dass ich schwimmen kann. Aber ich muss, ich muss, sie wird es ja ohnehin erfahren. Am besten wärs, wenn ich nicht mehr schwimmen könnte, aber das geht nicht, nicht mehr schwimmen können geht nicht. Nicht mehr wollen, dass Irma meine Freundin wird, ginge das?

Stasi läuft hinter Irma und vor Heinz. Der Uferpfad ist so schmal, dass man links und rechts das hohe Riedgras streift. Herr Flühmann ist zuvorderst und pfeift. Einmal schaut sich Irma nach Stasi um, lächelt und stolpert.

Die Frau legt gerade den Rucksack in die Waschmaschine, da klingelt es an der Tür. Eigentlich möchte sie jetzt mit niemandem reden, aber sie geht doch und macht auf und schaut fragend auf das Mädchen, das sie noch nie gesehen hat. Seine Haare sind hellblond, fast weiß, und stehen flaumig rundum vom Kopf und vom Zopf ab, als würden sie eben elektrisiert. »Kaufen Sie auch ein Abzeichen für Jugend und Sport?« »Klar«, sagt die Frau und ärgert sich, dass man Kinder von Tür zu Tür schickt. Vom Fenster aus schaut sie dem Mädchen nach, es zählt im Gehen die noch zu verkaufenden Abzeichen.

TAG DER WUT

Sie hat den Tag der Wut auf Mittwoch angesetzt. Eigentlich spielt der Wochentag ja keine Rolle mehr, seit sie mit der Arbeit im Museum aufgehört hat. Da ist ein Tag wie der andere, aber mittwochs ist Ukuk in der Krippe, also keine Hoffnung, dass ihn Annakathrin wieder mal hierher bringt.

Sag nicht immer Ukuk.

Morgen ist Mittwoch.

Jetzt wird sie sich ins Bett legen und eine Liste machen, wer drankommt. Auch ER auf dem Friedhof kommt dran, es wird ihr am Grab schon etwas einfallen. Was hat er immer gesagt? *Ach shit.* Aber das getraut sie sich dann doch nicht, to shit onto the daffodils. Obwohl: Morgen dürfte sie alles.

Was schaust du dir da an? Ach shit. Läuft nichts anderes? Du mit deinem Wüstentick, ach shit.

Seit die unwirschen Geräusche aus dem anderen Sessel fehlen, schaut sie sich keinen Wüstenfilm mehr an. Ach shit.

Noch nie hat sie laut ein grobes Wort gesagt. Sie ist immer noch ein artiges Mädchen. Auch wenn sie sich hat befingern und betatschen lassen von Verlogenheiten und Eitelkeiten. Auch wenn sie inzwischen so alt ist, dass sie Schenkel hat wie ein kaltes Suppenhuhn und ihre Augen in Haut ertrinken – feines Mädchen, immer noch.

So ein warmer Abend im April ist ungewöhnlich, der Sommer hat sich aufs Land gelegt, ohne dass er schon dürfte, noch heute Nacht wird er davongejagt. Über dem Waldsaum bleibt der Himmel hell, in ein paar Fenstern auf der anderen Straßenseite blubbert schon das blaue Licht der Fernseher und füllt die Zimmer auf mit der abendlichen Flut.

Auch die Dracovic kommt auf die Liste.

Sie schließt das Fenster, damit sie am Morgen die Amseln nicht hört, kein Flöten morgen, nur Wut. Sie streckt sich aus, zieht die Decke über sich, ganz gerade liegt sie da, als würde sie gleich operiert. Bitte Schwester, fangen Sie an, ich lese Ihnen die Liste vor, bis die Betäubung wirkt: ER, Dottoressa Zimmermann, Eric, Annakathrin, die Dracovic, macht fünf. Aber es kommen noch mehr, Schwester, ich setze noch den Zahnarzt auf die Liste und meine beiden Brüder, ich glaube, das reicht, auch wenn da noch viele wären, weil ich zeitlebens zu nett war, Schwester, zu fein für so was wie Wut, aber für diese vielen ist es zu spät, für sie bringe ich keine Wut mehr hoch, da könnte ich lange pumpen. Und jetzt lassen sie mich sterben, Schwester.

Nachts erwacht sie einmal und geht auf die Toilette, ohne das Licht anzumachen, damit sie nicht auf der Uhr nachsieht, ob der Tag der Wut womöglich schon angefangen hat. Ihre Knie sind vom vielen Kratzen rau und verkrustet. Sie hat schon gekratzt, als er noch lebte. Hosenbein hochstreifen, Hand ans Knie.

Im Bett hört sie, wie sich der Spülkasten wieder mit Wasser füllt, Geräusch von tropischem Regen auf nackter Erde, das war einmal. Sie hat immer gedacht, das Jahr in Afrika, das habe Eric gezeigt, was zählt: Staunen übers Lebendigsein. Damals war er zehn. Saß mit Zulupierre im Jacarandabaum und erfand eine Sprache. Und jetzt hat er diese glatthirnige Annakathrin geheiratet, die ihre Gedanken nach einer Seite ausrichtet wie Gabeln im Besteckfach, die täglich weiß, was man zu denken hat und jeden kuriosen Krümel entfernt. Eric ist inzwischen krümelfrei. Er lacht nie mehr so wie früher.

Ukuk hingegen hat den Mund bei einem Lachanfall so weit offen, dass man bis zum Halszäpfchen sieht, zuerst in wunderschöner Zahnlosigkeit, jetzt bezahnt, mit Reiskornglanz. Und wenn er vor Neugier aufgeregt ist, presst er den Mund zusammen zu einem kleinen Strich.

Sag nicht immer Ukuk, Annakathrin mag es nicht.

Zwei Jahre sind nun vergangen seit dem Unglück, und immer noch steht ER am Bett, wenn sie nicht schlafen kann, eine schwarze, friedhöfliche Zypresse mit polierten Schuhen. Schaut auf sie herab, stundenlang, und wenn sie abgleiten will in schlafblaue Senken, reißt er sie wieder aufs Bett zurück.

Die Schuhe hat er immer selber poliert.

Sie tastet im Dunklen nach den Tabletten. Starr du nur weiter. Gleich hebe ich ab ohne deine Genehmigung. Sie legt sich die Tablette unter die Zunge und lässt sie zergehen, lässt die Spannung zergehen unter der Stirne, den Schmerz im Oberbauch, lässt ihr ganzes Leben in warmer Spucke zergehen.

Als sie aufwacht, Kopf unterm Bettlaken, scheint die Sonne, das Lodern des Lichts ist beinahe zu hören. Noch so ein frühreifer Sommertag. Und: Tag der Wut! Heute wird, darf, muss sie schreien und stampfen oder eiskaltes Feuer legen.

Noch hockt die Wut hinterm Gaumensegel, stecknadelkopfklein, wie meistens am Morgen. Wenn sie sich dann aufbläht, reichen ihre Tentakel bis hinunter in die Rippen und schlingen sich um die Aorta oder bis hinauf in die Augen, wo sie die Tränen schießen lassen.

Sie setzt Kaffeewasser auf, geht zum Briefkasten, um die Zeitung zu holen, und genießt die Spannung, ob sies schafft, nicht gesehen zu werden im zerknautschten Mickymaus-Pyjama, die Jacke verkehrt rum, die nackten Füße in Straßenschuhen, die Haare wirr vom Flug durch die Nacht.

Der Wasserkessel fängt an zu keuchen, plötzlich hat sie den Arzt vor Augen, der am Bett ihrer Mutter ein Lächeln hervorholte und sagte, pfeifender Atem sei in diesem Fall nichts Ungewöhnliches, während ihrer Mutter ununterbrochen die Angst aus den Augen lief und über das zitternde Kinn auf das Nachthemd tropfte. Er hat sie ersticken lassen, er käme auch auf die Liste, könnte sie ihn noch erreichen. Aber sie weiß nicht mehr, wie der Kerl hieß.

Sie jagt ein paar Schlucke brühheißen Kaffee in den Gaumen, wo sich die Wut langsam aufrichtet, sie schlägt die Zeitung auf und fängt an zu blättern. Da ist einer im Rausch über die Straße hinausgefahren und hat ein Kind an der Mauer zerdrückt und hat einen milden Richter gefunden, da ist einer reich geworden mit Bestandteilen, die für Tellerminen verwendet werden, da hat einer mit eisernem Besen Karriere gemacht und hängt jetzt in seiner Suite Teppichkunst auf.

Kerle.

Heute darf sie die Zeitung nicht lesen.

Es würde ihre private Wut gefährden.

Sie wird für Annakathrin im Gartencenter die größte und teuerste Sansevieria aussuchen und dazu den bombastischsten, teuersten Pflanzenkübel aus Kupfer. Mit einer netten Karte wird sie das schicken lassen, und damit ist auf der Liste schon mal Annakathrin abgehakt. Noch scheußlicher wäre eine mannshohe Dieffenbachia, aber das geht nicht, wegen Ukuk, die Blätter sind zu giftig. Annakathrin wird es nicht wagen, das teure Geschenk verschwinden zu lassen, jeden Tag werden sie ihr in die Augen stechen, die gelbgrünen Schwerter der Sansevieria, die in England »mother-in-law's tongue« heißt, aber das weiß Annakathrin kaum. Sie weiß nur, was Stil hat. *Wir kaufen ausschließlich schwarzes Geschirr, das hat Stil. Wir taufen ihn Lukas und nennen ihn Luk, das hat Stil.*

Aber Luk sagt Uk. Sagt nicht Loch, sondern Och, nicht Lama, sondern Ama. Uk, der Lustige, Uk, der Freundliche: Ukuk.

Heute zieht sie das Beste an aus ihrem Schrank, ihre taubengraue Mailänderjacke, die helle Wollhose, den dunkelgrauen Borsalino. *Das hat Stil.* Die Turnschuhe sind eine Spur zu weiß. Der minenzerfetzte Junge heute in der Zeitung könnte nur einen davon anziehen.

Wer mit Minenbestandteilen reich wird, müsste ein Bein spenden, mindestens, und vielleicht noch zwei Augen.

Zuerst wird sie auf den Friedhof gehen.

Sie kontrolliert sich im Spiegel, zieht den Hut etwas näher an die Augen, bleckt die Zähne. Sie hasst diese weißen Zähne, diese vier schneidigen Schneidezähne, die zum restlichen Gebiss passen wie Neon zu Kerzenlicht. Dabei hat der Zahnarzt grinsend beteuert, sie sähe nachher genauso aus wie vorher, nur besser. Über zwei Jahre hat sie diese Zähne nun im Mund, und sie sind immer noch zu neu.

Mund zu.

Du hättest ihm eben deutlicher sagen müssen, was du willst, hat er gesagt.

Du hättest. Es regnet in Kreta, *du hättest eben auf mich hören sollen.* Eric bleibt sitzen, *du hättest ihn eben weniger schonen sollen.* Das Getriebe ist kaputt, *du hättest eben beim Schalten besser aufpassen müssen.* Er hat ein Völlegefühl, *du hättest den Fisch eben nicht so lange braten dürfen.*

Jemand musste schuld sein, warum nicht sie. Wie wäre denn das, wenn die Erdachse plötzlich aufbegehrte, weil sie am Winter schuld ist.

Noch einmal bleckt sie die Zähne. Bäh.

Die Buche hat bereits einen Hauch Grün. Gott hat einmal drübergeatmet.

Fahrradklingeln rufen zur Andacht.

Sie lässt sich die weiche Luft aufs Gesicht pinseln, bitte noch ein bisschen auf die Augenlider und auf die Lippen auch, danke.

Es ist schön, nicht genau zu wissen, was man vorhat. Sie könnte zu einem Psychotherapeuten gehen und sagen: *Heute ist der Tag der Wut. Was empfehlen Sie mir? Es ist wunderbar,* würde er sagen, *dass Sie Wutarbeit leisten wollen. Kommen Sie nächsten Dienstag um zwei. Oder passt Ihnen das nicht, Sie idiotische Sauschlampe?*

Nur ganz selten ist sie auf diesen Friedhof gegangen. Sie hat die Grabpflege für zehn Jahre im Voraus bezahlt, dreimalige Blumenanpflanzung pro Jahr sowie Jäten, Gießen und Mehrwertsteuer inbegriffen. Wären er und sie nebeneinander alt geworden, was dann? Im Ratskeller in Lübeck hat sie Paare sitzen sehen, die sehr wenig redeten und sehr viel aßen. Obwohl sie rund siebzig Jahre älter geworden waren als das Tier, welches als Fleisch auf ihren Tellern lag, wirkten sie nicht sonderlich froh.

Anderswo geht sie gern auf Friedhöfe, besonders im Süden, wo ein emailliertes Foto auf dem Grabstein die einstmals Lebendigen zeigt. Sie liest die Daten und rechnet aus, wie lang sie lebendig waren und wie lange sie schon tot sind. Ob seit drei oder fünfzig Jahren tot – alle haben sie noch eine Ewigkeit vor sich, da nützt die ganze Rechnerei nichts, aber immer wieder rechnet sie, schaut sich ein emailliertes Gesicht an, zum Beispiel einen verwegenen Burschen mit einer Baskenmütze schräg auf dem Haar, der ein paar Herzen brach und dann mit dreiundzwanzig vor sechsundfünfzig Jahren starb und gerne gehört hätte, wie man um ihn schluchzte.

Inzwischen weiß sie auch, was sie mit der Dracovic tun wird.

Beim Friedhof gibt es bestimmt eine Telefonzelle. Muss es doch. Könnte ja mal sein, dass jemand auferstanden ist. Hallo, ist da Maria Magdalena?

Hättest du, sagt ER, wenn er nachts an ihrem Bett steht. Wie hätte ich, gibt sie zurück. Du weißt genau, wie es war: Das Flug-Office ruft an, Airtrans hat Motorschaden, kein Flug nach Düsseldorf heute. Aber Nordic fliegt. Wollen Sie umbuchen für Ihren Mann? Ja, bitte. Warum hätte ich nein sagen sollen.

Und als du gesagt hast, Nordic ist gut für Selbstmord, hab ich gesagt, dann flieg doch nicht. Und du hast gesagt, *ach shit.*

So wars.

Cessna 340 aus noch nicht bekannten Gründen. In einen Acker. Die Feuerwehr versuchte. Wohnhaus glücklicherweise. Alle ums Leben. Bei den Passagieren handelt es sich. Sowie einen bekannten Rechtsanwalt aus.

Hättest du.

Sie bleibt stehen und schaut dem Mann mit Kickboard auf der anderen Straßenseite nach, er stößt sich so energisch ab, dass sie glaubt, nicht er, sondern der Boden fahre davon. Sie hat Lust, sich auch so ein Board zu kaufen, aber wohin soll sie fahren damit. Früher hieß das Tretroller, jetzt hat man ihn neu erfunden, wie so manches, den Brotbackofen, die neue Keuschheit, die Magerwiese, das Jenseits. *Das hat Stil.* Der Tretroller gehörte ihr und ihren Brüdern gemeinsam, und als die Jungs sie endlich auch damit fahren ließen, war bereits die Bremse kaputt. Rolf und Rainer. Die Bremse war auch kaputt an Rolfs Auto; und dann dies und dann das, als Mutter zu sterben anfing und ihre Wohnung nach alter Frau roch. Er kam fast nie, und wenn, blieb er nur eine halbe Stunde. Und Rainer schickte Wandkalender aus Australien. Ayers Rock hing über Mutters Bett, schief.

Feige und faul, ihr Brüder.

So spräche Gott der Herr im Alten Testament: Nehmt euren Tretroller, und fahret dahin, und fortan sollt ihr in der Wüste sitzen und nichts anderes betrachten dürfen als euren Nabel, der euch mit eurer Mutter verbunden, einhundert Tage lang, bis dass mein Zorn vergangen.

Gott hats einfach mit seiner Wut.

Während sie stadtauswärts geht, eilen die Leute stadteinwärts, auf dem Weg zur Arbeit, an ihr vorbei, sie gehört nicht mehr dazu. Aber immer wird sie eitel sein, immer wird sie registrieren, wenn ein Mann, der ihr entgegenkommt, nicht geradeaus schaut, sondern in ihr Gesicht, in ihre Augen, die tief in den Wülsten der Haut immer noch warten auf einen Blick der Bewunderung. Dass sie so blöd ist, das macht sie wütend, eigentlich gehört sie auch auf die Liste.

Beim Friedhof scheint die Welt frisch gewaschen, die Lorbeerhecke glänzt und das schwarz lackierte Gittertor, und der Asphalt ist dunkel, als hätte es geregnet. Sie setzt sich auf die Bank beim Eingang und übt, was sie der Dracovic am Telefon sagen wird:

Hier Teleplus, Redaktion Gesellschaft, oder nein, *Redaktion Ichunddu,* das ist gut. *Frau Dracovic? Wunderbar, dass wir Sie erreichen. Wir möchte Sie gerne einladen zu unserem Mittwochabend-Talk. Das Thema heißt »Nachbarschaft«.*

Meint sie das bloß, oder riecht der Friedhof nach Friedhof?

Man hat uns mitgeteilt, dass Sie in Nachbarschaftsfragen auf vorbildliche Weise aktiv sind. Wir hätten Sie sehr gerne dabei.

Vielleicht sind es die vielen Abfallsäcke, die so riechen. Sogar neben den Containern stehen noch welche.

Das wäre dann morgen in einer Woche, 18 Uhr, im Studio. Ja, Donnerstag ist Aufzeichnung. Sie können? Wunderbar.

Warum hat ein Friedhof überhaupt so viel Abfall?

Melden Sie sich beim Eingang, und verlangen Sie Frau Frei. Und bitte keine rote Kleidung, auch nichts Gestreiftes.

Vielleicht gibt es nachts hier heimliche Gräberfeste, üppige Totenorgien, wilde Gelage der Geister. Und außerhalb der Friedhofmauer ist nichts zu hören als ein leises Knistern in Buchsbaum und Eibe.

Und Ihre Kontonummer sollten Sie dabeihaben, für die Überweisung des Honorars. Plus Taxispesen. Darf ich Sie noch nach Ihrem Alter fragen?

Die Tür der Telefonzelle schließt nicht richtig. Was, wenn die Dracovic die Friedhofamseln hört? Was, wenn sie nicht zu Hause ist? Aber sie ist zu Hause. »Hier Dracovic.«

Sie hat angebissen, die Dracovic. Hat mit ihrem dummen, puppigen Mund angebissen, hat die Lüge geschluckt, nun soll sie dran ersticken. Wenn die Dracovic nicht wäre, hätte sie Herrn Vetterli nicht weggeben müssen, würde Herr Vetterli immer noch nachts auf seinen Seidentatzen über die Bettdecke kommen, bin da, bin da, mach Platz, würde Herr Vetterli immer noch in ihrer Armbeuge liegen und sie in den Schlaf schnurren. Aber die Dracovic hat die Hausverwaltung angerufen und ein unerlaubtes Haustier gemeldet.

Nach dem Friedhof ist die Dottoressa Zimmermann dran. Und dann? Es ist schwierig, aus einem Klumpen Wut saubere Wüte zu machen und ordentlich aufzureihen. Akute Wüte, chronische Wüte, versteinerte Wüte.

Wir müssen uns neu katalogisieren, hat die Dottoressa gesagt, *digital und international vernetzt, ein Museum darf nicht museal werden,* sie lege Wert auf professionelle Arbeit, die Zeit der

Schachteln sei vorbei. Nein, »alte« Schachteln, das hat sie nicht gesagt. Aber gemeint. Professionelle Arbeit, das hieß mit pisswarmer Anteilnahme: Du kannst zusammenpacken mit deinen Karteikarten. Nimm deine Schachteln und verschwinde.

Sie braucht sich bloß den Zimmermann'schen Seidenschal mit den Schneckenhäuschen vorzustellen, und schon pumpt sich die Wut in die Finger und macht sie dick.

Bereits der halbe Morgen vorbei.

Sie steht auf, greift sich einen von den Abfallsäcken und schlägt den Weg zu den Urnengräbern ein.

Dame mit Sack.

Sein Grab liegt am Ende einer Reihe, Eckgrab mit 1,25 Quadratmetern Land und freier Sicht in die Forsythien. Der Osterschmuck ist verwelkt, sie kann erraten, dass es Primeln und Traubenhyazinthen waren. Der Stein sieht aus wie geschrubbt. Rosa Travertin. Liegend. *Das hat Stil.*

Mann, erinnerst du dich? Ich hab dich mal geheiratet. Ich hab dich mal gestreichelt. Ich hab dich mal bewundert. Ich hab dich mal im Wasser überrascht, von hinten, da hast du mich gepackt, und wir habens im Wasser gemacht, im warmen Indischen Ozean. Erinnerst du dich? Ich bin die, an deren Bett du jede Nacht stehst. Ich bin die *Hättest-du.*

Der Stein fühlt sich an wie sein Kinn, wenn es frisch rasiert war.

Ich habe den Travertin ausgesucht. Ich bin schuld, dass dein Flugzeug abgestürzt ist. Erinnerst du dich? Ich habe deinen Schreibtisch geräumt in der Kanzlei. Ich habe dabei erfahren, dass du Gründungsmitglied der »Aktion Vaterland« warst. Ich weiß auch, Mann, dass du nigerianisches Geld hast waschen lassen. Ich habe auch den Mietvertrag gefunden für eine Einzimmerwohnung in der City. Und Ich habe die Wohnung geräumt, und seither weiß ich, was du dort getrieben hast.

Ich habe mich geschämt. Erst für dich. Dann für mich.

So viel Dreck, wie ich weggeräumt habe, werde ich nun über dir ausleeren, siehst du den Sack? Ich weiß nicht genau, was drin ist, Abfall vom gestrigen Totentanz, abgenagte Skelettknochen, eine zerfetzte Sargpolsterung. Ganz sicher ist Wut drin, ich rieche sie.

Dame mit Sack.

Sie bringt es nicht über sich, den Sack auszuleeren. Sie stellt ihn auf den Stein, sie dreht sich um und geht den Weg zurück, verwundert über das Gefühl des Weinenmüssens, sie zweigt ab zu den Kindergräbern, die noch im Schatten liegen. Der Schatten macht alles noch stiller. Sie fängt an zu rechnen, Greteli, 1996 bis 1999, Tonio, 1988 bis 1999, für immer unser Sonnenschein. Und dann liest sie auf einem der kleinen Kreuze einen Satz, bei dem ihr das Herz einen Augenblick still steht: »Je te demande pardon, Papa.«

Sie läuft, so rasch sie kann, zwingt sich, nicht zu rennen, hält mit der einen Hand den Hut fest.

Außerhalb des Friedhofs riecht es nicht anders, eine Straßenbahn fährt quietschend um die Kurve, jetzt rennt sie, denn es ist die Fünf, die zum Museum fährt, sie findet einen freien Platz, sie setzt sich mit einem Seufzer und spürt, wie sie schrumpft, der Seufzer lässt ihr die Luft raus, sie wird so klein, dass ihre Hände in die Ärmel rutschen. Und die Wut hat nur noch Stecknadelkopfgröße.

Das ist nicht weiter schlimm, sie kann die Wut sofort anschwellen lassen, sie braucht bloß an Eric zu denken, an seine lahmen Ausreden: mal die Steuererklärung, mal das Abflussrohr, mal die Nebenhöhlen, nicht mal mehr mit dem Osterfrühstück hats geklappt. Dass er ihr versprochen hat, wegen des Computers vorbeizukommen, hat er wohl auch vergessen. Nun, sie wird sich nicht mehr melden. Sie wird sich bestimmt nie mehr einen Nachmittag lang in die Küche stellen, nur weil er erwähnt hat, er würde gern wieder mal einen Schmorbraten essen, wie früher.

Macht nichts, kein Problem, hat sie gesagt, als er abends um neun endlich angerufen hat. Wie wirft man einen Kochtopf durchs Telefon? Sie hat ihn schließlich über dem Abfalleimer ausgekippt.

Eric, du Wareinmalkind, was hab ich für dich nicht alles gemacht, du hast ja keine Ahnung. Als er in die fünfte Klasse kam, hat sie während jeder Zehnuhrpause spähend hinter der Hecke gestanden, mindestens zwei Wochen lang. Sie hat darüber gewacht, dass ihn die Gebrüder Spillmann in Ruhe ließen. Hätten sie ihn angegriffen, wäre sie so ganz zufällig über den Platz geschlendert, um ihm beizuspringen. Dann ist sie zurück ins Museum gehetzt und hat den Zettel »Bin im Archiv« wieder von der Tür genommen. Das war die Zeit vor der Dottoressa.

Sie hätte nie gedacht, Eric könnte seinen Glanz verlieren, so stumpf werden, so empörungslos, sogar die Haare, die dünn gewordenen, sind stumpf. Dafür schimmert die Kopfhaut.

Die Wut ist noch nicht zurück.

Sie sieht Eric mit Ukuk, sieht seine große Hand, die wie ein Schutzhelm auf Ukuks flaumigem Hinterkopf liegt, sieht, wie sich Eric Ukuks Füßchen auf die Augen drückt.

Als die Straßenbahn vor dem Museum hält, weint sie bereits so heftig, dass es sie schüttelt, was niemand sieht, weil sie ganz hinten sitzt. Sie drückt Daumen und Zeigefinger in die Augenwinkel und versucht, ruhig zu atmen.

Sie steigt nicht aus.

Wozu. Das ist und wird kein Tag der Wut.

Sie bleibt sitzen, sie fährt durch die Stadt, sie sieht ihr Gesicht in der Fensterscheibe und schneidet eine Grimasse.

Morgentalerplatz. Noch nie gehört. *Studweg. Klötistraße. Ramzellersteig.*

Sie stellt sich vor, Eric und Annakathrin würden wegziehen aus dieser Stadt, weit weg, wo es keine Klötistraße gibt und keinen Ramzellersteig, und Ukuk wäre verschwunden. Sie stellt sich vor, wie weh das täte. Und später kämen manchmal Postkarten: dein Luk.

Auch in der Endstation bleibt sie sitzen.

Der Fahrer geht prüfend durch den Wagen, bleibt kurz neben ihr stehen und zeigt aus dem Fenster: »Sehen Sie? Der Graureiher ist da.« Im Weitergehen sagt er noch etwas, das sie nicht mehr genau versteht. Wahrscheinlich hat er gesagt: *Wenn man wüsste, worauf der wartet.*

HEUTE WÄRS SCHLECHT

Wenn er sie streichelt, legt sie den Kopf in den Nacken. Er fährt ihr mit den Fingern über die Nase, streift ihr die Lider über die Augäpfelchen, massiert ihr die Stirn, sie drückt das Gesicht in seine Hand, mach weiter! Er nimmt ihre Ohren zwischen Daumen und Zeigefinger, sie sind so seidenweich wie eh und je, er reibt sie sanft. Kaum hat er sich von ihr gelöst, blickt sie ihn an, sie blickt ihm nach durch den ganzen Raum, mit diesen großen, dunklen, glänzenden Augen.

»Sie stinkt«, sagt Yvette.

»Sie ist immer noch schön«, sagt Jakob.

Stirb noch nicht, sagt er, bist doch meine Freundin. Hörst du? Dreizehn Jahre schon. Wenn er ihren Hinterkopf streichelt, mit den Fingern das kurze graublonde Haar kämmt, wird sie ganz reglos. Stirb noch nicht.

Eigentlich heißt sie Undine. So steht es in ihren Papieren. Doch bei ihm hieß sie von Anfang an Hundine, kurz: Hund.

Es ist ein früher Sonntagmorgen, als Hund mit Kotzen anfängt. Es hört sich furchtbar an, dieses Kotzen, es ist ein lang gezogener, dumpfer, röhrender Rülpser. Jakob fährt jedes Mal aufs Neue zusammen. Er wischt immer gleich auf, was Hund kotzt, erst das ganze Frühstück, dann kleine Lachen gelben Schleims. Jakob hat Angst um den neuen Teppich. Er hat ihn mit Yvette ausgesucht. Schlapp liegt Hund in seinem Korb, rappelt sich nur hoch, um zu kotzen. Plötzlich, wie der Schatten einer Wolke, befällt Jakob dieser unsinnige Verdacht, und er wird ihn nicht gleich wieder los. Hat Yvette Hund vergiftet? Sie war dabei, als Urs sagte, Hunde fänden Antidepressiva lecker, sie würden ganze Schachteln fressen. Yvette hatte gelacht. Und dann sterben sie meistens, sagte Urs, es stand in der Ärztezeitung.

Hund kotzt immer noch gelb. Jakob fragt sich, wozu Körperinneres eine Farbe hat. Könnte doch alles grau sein und trotzdem funktionieren. Er deckt den Teppich rund um Hunds Korb mit Badetüchern ab. Dieser Schleim ist bestimmt ätzend. Hund schaut Jakob zu, bewegt nur die Augen, diese großen, dunklen, glänzenden.

Yvettes Mutter nimmt Antidepressiva.

Als Hundine noch jung war, sind die Leute stehen geblieben, so schön war sie, so viel Schwung war in allen Linien ihres Körpers, so viel Glanz in ihrem blonden Fell, so viel Sanftheit in ihrer Begrüßung. Jetzt hat sie dünne, unsichere Hinterbeine, einen geröteten Anus, einen schweren, schlaffen, schaukelnden Bauch. Und sie keucht. So werde ich auch mal, denkt Jakob, voller Beklemmung.

Das Telefon klingelt, es ist Yvette: »Was machst du?«, fragt sie. »Nichts Besonderes«, sagt Jakob, »ich mach mir einen ruhigen Tag.« Als er aufhängt, ist wieder dieser Verdacht da: Wollte sie hören, ob Hund schon tot ist? Jakob zwingt sich zu sagen: Ach was.

Er setzt sich mit der Zeitung auf die Terrasse, es ist warm, obwohl November, die Schweiz will russische Kampfjets kaufen und in Burma ... Hund kotzt immer noch, Jakob kanns nicht mehr hören. Yvette will endlich mal mit Jakob verreisen, nach Rügen, nur ein paar Tage. Oder an den Atlantik. Oder über Ravenna in die Marche. Wovon immer sie liest, dahin möchte sie gleich, »nur ein paar Tage, Jakob«. Aber er kann nicht. Dann müsste Hund ins Heim, würde zittern mit den inzwischen mageren Hinterbacken. Und wie würde er Hund in den Kofferraum hieven? Letztes Jahr noch war er mit

Hund im Herbstwald, sie raschelten nebeneinander her, heute wär so ein Tag dafür.

Ich liebe dich, hat Yvette am Telefon gesagt.

Und wenn ich mal bin wie Hund?

Manchmal sitzt Hund mit halbgeschlossenen Augen im Korb und hechelt. Das Zahnfleisch ist röter als früher, und die Zähne – einst weiß wie frische Pinienkerne – sind gelb, Yvette hat Recht, Hund stinkt aus dem Maul. Aber das ist meistens zu. Gelegentlich kommt Yvette mit Lucca, der gerade vier geworden ist, sie sagt »Fass Hundine nicht an, Lucca«. Aber Lucca setzt sich zu Hundine in den Korb und streichelt sie, wobei das Streicheln eher ein Kneten ist, Hundine hält still, aber wenn sie sich besser erheben könnte, würde sie davonlaufen. Einmal stank es so plötzlich und gewaltig, dass Yvette zum Fenster rannte und rief »Was ist das?« »Ein Furz von Hund«, sagte Jakob entschuldigend, und Lucca kreischte vor Freude, »ein Furz von Hund«, rief er immer wieder. »Hund hat Käse gegessen«, erklärte Jakob, »und ihre Gedärme vertragen das nicht.« »*Der* Hund und *ihre* Gedärme«, sagte Yvette, »was für ein Kauderwelsch. Und Lucca spricht auch schon so.«

Vier Tage die Woche lebt Lucca bei Yvettes Mutter, weil es oft spät wird, bis Yvette von der Arbeit kommt, sie ist Pressesprecherin bei einem Chemiekonzern. Sie ist zu elegant für mich, dachte Jakob, als er sie kennen lernte, aber inzwischen hat er sich an ihre perfekte Erscheinung gewöhnt, sie ist sogar perfekt, wenn sie Jakobs zerrissenen Pyjama trägt, so ist Yvette nun mal.

Hund ist es egal, dass sie Hund heißt, denkt Jakob.

Weil Hund so still ist, steht Jakob auf, um nachzusehen. Sie liegt jetzt reglos im Korb, aber ihr Bauch hebt und senkt sich regelmäßig, sie schläft, erschöpft von der Würgerei. Jakob streicht ihr mit zwei Fingern über die Nasenwurzel und sagt

»Alles wieder gut, Hund?« und nimmt die Badetücher weg. Am Tag, als Jakobs Mutter starb und Jakob vom Krankenhaus nach Hause kam, wich Hund nicht von seiner Seite. Wo immer Jakob saß, legte Hund den Kopf neben Jakobs Füße und fragte: Alles wieder gut, Jakob?

Yvette ist gestern Abend hier gewesen, denkt Jakob, ich bin vor dem Fernseher eingeschlafen, bevor sie heimfuhr, hat sie mich geweckt, kurz nach Mitternacht. Kann es sein, dass einem vergifteten Hund erst nach acht Stunden schlecht wird? Jakob schämt sich, dass er den Verdacht immer noch nicht losgeworden ist. »Hund, ich bin ein«, sagt Jakob. Er spricht mit Hund immer abgekürzt: »Willst du mit mir.« »Kratz nicht immer an.« »Ich muss mal deine.« »Es tut nicht.« »Komm, wir.«

Jakob denkt, das ist wohl Hunds letzter Herbst.

Im Januar liegt Schnee. Wenn Jakob Hund ins Freie lässt, schaut er ihr nach. Es kann sein, dass Hund ausrutscht. Einmal versucht Hund, einer Katze nachzurennen, kommt aber nur einige wenige Schritte weit, dann knicken die Hinterbeine ein. Das Aufstehen ist jetzt noch mühsamer. Ab und zu steigt Hund aufs Sofa, das durfte sie früher nur ausnahmsweise, wenn es donnerte oder wenn ein Feuerwerk knallte. Es scheint, dass Hund manchmal Angst verspürt vor etwas, das Jakob nicht sieht. Wenn Hund aufs Sofa steigt, bringt sie die Hinterbeine nur mit großer Anstrengung hoch, wie jemand, der aus dem Wasser ins Boot klettern muss, denkt Jakob. Hund, lange geht das nicht mehr so. Yvette findet, Hunde gehören nicht aufs Sofa. Jakob setzt sich neben Hund und sagt »Schau, wie es«. Die Flocken sind leicht und wirbeln manchmal hoch, es sieht aus, als würde die Welt neu gemixt, und die große Stille macht Jakob Herzklopfen. »Weißt du, Hund, ich hätte schon längst.«

Yvette will heiraten.

Sie sind immer noch nicht miteinander weggefahren.

Den ganzen Januar über liegt Schnee. Jakob, der immer morgens seine Kunden besucht, lässt das Auto daheim und nimmt den Bus. Er kommt später als sonst nach Hause und sitzt abends noch an der Arbeit. Wenn er die Tür öffnet, steht Hund schon da, wie immer, zur Begrüßung, ihr Schwanz klopft gegen die Wand, aber dann schwankt sie sofort zurück in ihren Korb. Jakob muss die Fenster öffnen, denn Hund riecht jetzt häufig auffallend schlecht, nach altem Körper. Jakob hat mal einen alten sehr reichen Amerikaner gekannt, der so roch, durch die teuren Kleider hindurch. Früher ist Hund, wenn Jakob nach Hause kam, einige Runden um den Tisch gerannt.

Yvette sagt »Jakob, bring Hundine endlich zum Tierarzt«. Wenn Jakob erwacht, lauscht er, ob er Hund hört. Er stellt sich vor, Hund liege tot im Korb oder daneben. Wenn Jakob kommt, wird sie den Kopf nicht heben. Jakob wird die Hand auf Hunds Bauch legen und merken, dass kein Atem mehr da ist. Jakob hofft, dass der tote Hund nicht offene Augen hat. Jakob denkt, hätte ich heute Zeit zum Weinen, zum Abschiednehmen? Nein, heute wärs schlecht.

Yvette ist jetzt ausgesprochen freundlich zu Hund. Manchmal bringt sie ihm etwas mit, eine Cervelatwurst oder ein weiches Brötchen. Sie sagt: »Na, Hund«, und streicht ihr über den Hinterkopf. Jakob hört, wie sie sich gleich danach die Hände wäscht. Er vermutet, dass Yvette so freundlich ist, weil sie sich auf Hunds Tod freut. Hund ist immer noch schön, denkt Jakob, ihr sanftes Gesicht passt auf ein Kalenderblatt. Jakob streichelt es mit beiden Händen. »Wie wird das sein, Hund, wenn du.« Was sich in Jakobs Augen tut, ist nahezu ein Weinen.

Jeden Morgen um acht kommen jetzt die beiden Arbeiter, brechen in der Garage mit Pressluft zwei Fensteröffnungen heraus. Als Yvette damals am Abend im Thai-Restaurant plötzlich losheulte – »Du liebst mich gar nicht, Jakob, du willst mich gar nicht« –, versprach ihr Jakob, die Garage auszubauen. Yvette hielt sich die Hand vor die Augen, als sie weinte, und Jakob sah nur ihren im Schmerz zusammengepressten Mund. »Yvette«, sagte er hilflos. »Yvette, so hör doch.« Die Garage misst sechsunddreißig Quadratmeter, Jakob hat den neuen Boden bestellt, Schiffsparkett, und das Garagentor wird durch eine Glasfront ersetzt. Wenn die beiden Arbeiter kommen, versucht Hund zu bellen, bewegt aber nur die Kiefer, ein Ton kommt nicht mehr heraus. Jakob hat das Gefühl, dass Hund sich darüber wundert.

Die Garage soll der neue Wohnraum werden, und aus dem alten sollen zwei Zimmer werden, eins für Yvette, eins für Lucca, wobei Lucca nach wie vor vier Tage die Woche bei Yvettes Mutter wohnen wird. Jakob hat nichts gegen Lucca, im Gegenteil. Er mag Luccas präzise Fragen – »Warum essen wir die Fliegen nicht, die wir töten?« –, und er mag Luccas Gesicht, wenn er nicht glaubt, was man ihm sagt. Manchmal gibt ihm Lucca beim Spazieren die Hand, und das freut Jakob so, als wärs eine leidenschaftliche Umarmung. Lucca hat die gleichen dunklen, glanzlosen Löckchen wie Yvette, Jakob weiß nicht, warum ihn das rührt.

Oft wacht Jakob nun mitten in der Nacht auf, und sofort fängt er an zu horchen und schläft rasch wieder ein, nachdem er ein Geräusch von Hund gehört hat. Solange er nichts hört, stellt er sich vor, Hund sei tot, und er spielt alles durch, was dann zu tun ist. Jakob will nicht, dass Hund in einen Container mit Abfallfleisch und Kadavern geworfen wird, er wird das Hundekrematorium anrufen, nein, die Asche sollen sie ihm nicht liefern, das nicht. Er wird Hunds kalten Körper nochmals streicheln, wird Hund zudecken mit einem Laken. Und wenn sie abgeholt worden ist, wird er alles wegwerfen, was an Hund erinnert, Napf, Futter, Halsband, Leine, Fellbürste,

Flohpulver, was noch, die Decke im Auto, die Hundebücher. Er wird die Sofabezüge abnehmen und in die Reinigung bringen, und er wird sich betrinken, und damit hat sichs.

Mitte März ist die Garage fertig, die Heizung funktioniert, es riecht noch nach Farbe, nicht schlecht. Jakob hat einen Liegestuhl ans große Fenster gestellt und schaut aus dem Halbdunklen ins Halbdunkle, es schneit wieder, dicht und stetig. Jakob stellt sich vor, dass die Flocken nicht fallen, sondern stehen und dass er in seinem Stuhl hochfährt, höher und höher, die Flockentapete entlang. Es funktioniert ganz kurz, dann fallen die Flocken wieder. Im Bürohaus gegenüber gehen die letzten Lichter aus. Jakob hört, wie sich Hund im Nebenzimmer ein paar Mal dreht und dann fallen lässt. Sie fällt aus dem Stehen schwer in den Korb, anders kann sie sich nicht mehr niederlegen. »Hund, du solltest sterben, ich bitte dich, stirb.« Am nächsten Abend kommt Yvette, sie freut sich, tanzt auf dem Schiffsparkett, später legt sie Jakobs Bettdecke auf den Boden, und sie lieben sich, während die Heizkörper ticken, als wären Insekten darin.

Yvette möchte nach Cornwall, im Mai.

Jakob hat sich nachts so oft vorgestellt, wie Hund am Morgen tot daliegt, dass er gar nicht damit rechnet, Hund könnte am helllichten Tag sterben. Schon unter der Tür, als er von seinen Kundenbesuchen nach Hause kommt, hört er das eigenartige Geräusch, glaubt kurz, die Arbeiter seien wieder da, um etwas abzuschleifen, dann lässt er die Mappe fallen und rennt. Das ist Hund! Hund schnauft um ihr Leben. Schwanz und Hinterbeine sind nass. »Ach Hund, Hund«, sagt Jakob, »und ich bin nicht.« Hund hat die Augen halb zu, das schnelle, schwere Schnaufen hört sich an wie Luft aus einer Pumpe. Jakob nimmt Hunds Kopf in beide Hände. »Gehst du fort?« Hund erwidert nichts. Ein Hinterbein ist verdreht. »Keine Angst«, sagt Jakob, »ich rufe gleich, und dann.« Als

Jakob zum Telefon geht, schaut ihm Hund nicht nach, aus diesen Augen, den großen, dunklen, glänzenden. Von der Seite sieht das Hundemaul aus, als ob es lache.

Jakob wirft alles weg, was ihn an Hund erinnert, nur der Urinfleck auf dem Teppich bleibt noch ein paar Tage sichtbar. Manchmal reibt Jakob Daumen und Zeigefinger aneinander und stellt sich vor, Hunds Ohr sei dazwischen. Yvette ist wütend, was Jakob versteht. Er hat nicht die richtigen Worte gefunden, um ihr zu sagen, dass sie nicht mehr kommen soll. »Du meinst, es ist aus?«, hat Yvette gesagt. »Du meinst, es ist aus?«, hat Yvette geschrien.

»Ja«, hat Jakob gesagt, »es tut mir.«

EIN BISSCHEN SÜDFRANKREICH

Die Luft ist dick von der Hitze und von der Frechheit, mit der er sich ins Haus geschlichen hat. Das Unerlaubte hat jetzt mehr Gewicht als vor seinem Schlaf. Er hat nicht lange geschlafen – der Spalt zwischen den Vorhängen ist noch genauso hell wie vorher.

Die Zikaden sind noch lauter.

Er darf das Fenster nicht öffnen. Er muss einatmen, was er ausgeatmet hat, kann seine ganze Verbrauchtheit riechen.

Es ist so einfach gewesen. Der alte Rollladen ist noch immer nicht ersetzt. Er lässt sich mit zwei Händen hochschieben. Und die Verandatür lässt sich aufdrücken, wenn sie nicht mit einem doppelten Dreh des Schlüssels geschlossen worden ist. Und das tut Luisa nie.

Vermutlich machen nur die männlichen Zikaden diesen Lärm. Vermutlich geht es wieder mal um die Frauen. Es gibt so vieles, dass er nur ungenau weiß, das zieht er nach wie eine Schleppe und hofft, dass niemand drauftritt.

Nun liegt er also in Luisas Haus. Vor fünf Jahren hat es noch ihnen beiden gehört. Nun ist die große Pinie Luisas Pinie, bloß weiß die Pinie nichts davon. Er hätte nie gedacht, dass er noch einmal in Luisas Haus liegen wird, auf dem Bett, das einmal ihnen beiden gehört hat. Wann und warum gehört etwas? Wem gehört die Luft in diesem Haus, und was ist sie wert, wenn Luisa das Haus verkauft? Allein in der Küche schweben unzählige Streite, wem gehören die? Und wem gehören Luisas Lieder im Bad? Wem gehört der Harzgeruch am offenen Fenster, wem gehört das Gesicht, das im abblätternden Verputz auf Wunsch erkennbar ist?

Luisa gehört ihm. Dass nur er das weiß, spielt überhaupt keine Rolle.

»Lyon ist zur Zeit *die* Stadt«, hatte Toni gesagt. »Nimm dir mindestens vier Tage.«

Heute wäre der zweite Tag.

Er hatte sich verfahren, fand das *Centre Ville* nicht, es war, als wollte ihn die Stadt gleich wieder ausspucken, später schleuste sie ihn in die Auffahrt eines Parkhauses, und er wurde vor einer Schranke gezwungen, ein Ticket zu ziehen und drei Stockwerke hochzufahren und dann sein Auto stehen zu lassen, um das Ticket zu bezahlen, damit sich die Schranke wieder öffne und man ihn wieder rauslasse aus diesem Gefängnis, um fluchend in den Lift zu steigen auf der Suche nach einer Kasse und dann im Untergeschoss zu landen und verwundert festzustellen, dass hier ein Bahnhof war: *Gare de Perrache*.

Und da stand der Zug nach Valence.

»Ich fahr ein bisschen nach Südfrankreich«, hat Luisa jeweils gesagt. Ein bisschen fahren, das geht nicht, hat er immer gedacht. Aber es geht.

Die Zikaden schrammen eine Weile lang unisono, dann überholt eine und verursacht ein kleines Durcheinander. Er weiß, dass sie ihr Geräusch nicht mit den Beinen machen, aber wie sie es machen, weiß er nicht.

Unter der Dusche zählt er laut, wie lange er das kalte Wasser aushält. Luisa hats nie über »sieben!« geschafft. Den Boiler wird er nicht einschalten, überhaupt nichts Elektrisches, er wird das Haus nur benützen, um in seiner Vergangenheit zu campieren. »Einunddreißig!« Am immer noch wackligen Haken an der Tür hängt immer noch der gemeinsame Bademantel. Er schlüpft hinein und lässt sich von ihm trocknen, das fühlt sich an wie Trost. In der Küche öffnet er eine Dose Bohnen und eine Dose Thunfisch, sucht Öl und Essig, aber findet nur eine dieser unsäglichen weißlichen Fertigsaucen. Auf der Anrichte liegt eine Baguette, beinhart, zehn Tage oder zehn Wochen alt, er kann nicht einschätzen, wann Luisa zuletzt da war. Den Wein hat noch er gekauft, die Kartons stehen noch an der gleichen Stelle in der kleinen Waschküche, Luisa hat Roten nie gemocht. Und wer immer inzwischen mit Luisa hier gewesen ist, mag auch keinen Roten. Oder aber es war niemand mit Luisa hier.

Er trinkt fast die ganze Flasche leer, möchte den Kopf auf den Tisch legen, aber er steht auf, räumt sorgsam alles weg, die Dosen in eine Einkaufstüte – *Modes Véronique* –, die wird er mitnehmen, auch die Flasche und den Korken.

Morgen in aller Frühe wird er schwimmen gehen, nackt, wie sie es immer taten, eine Badehose hat er ohnehin nicht dabei, auch nicht in seinem Koffer im Parkhaus *Perrache* in Lyon.

La soupe de vin aux flageolets, ungefähr so etwas hat er nun im Magen, wenn diese saure Suppe nur nicht hochschwappt, er müsste endlich langsamer essen, und weniger, das vor allem. Im Wohnzimmer zieht er den Rollladen eine Hand breit hoch, bevor er sich aufs Sofa legt.

Sie hätte ihrem Anwalt nicht zu sagen brauchen, dass er sie geschlagen hat.

In diesem Haus hat er sie geschlagen, ein einziges Mal.

Plötzlich merkt er, was in diesem Raum anders ist als damals. Seine Bücher sind weg. Die beiden Regale sind beinahe leer. Dass sie seine Bücher weggegeben hat, belustigt ihn irgendwie. Wahrscheinlich glaubt sie, dadurch habe er endgültig keinen Einfluss mehr auf sie. Wie kindisch.

Luisa gehört ihm.

Das Inventar ist schnell aufgenommen: Auf der Kommode der Strauß aus Seidenblumen im dunkelgrün glasierten Tontopf und die Uhr mit den Putten. In den Schubladen dasselbe alte Durcheinander von Tischtüchern, Kerzen, Kabeln, Spielkarten und Mückenspray. Links und rechts vom Sofa die Pseudo-Bauhaus-Lampen, der kleine mexikanische Teppich auf dem hellen Fliesenboden. Neu ist der Korbsessel. Und warum hat sie ein Telefonbuch Zürich-Ost? Was noch im Regal steht, sind die alten Reisebücher – *Marseille littéraire, Essen wie Gott in Frankreich* – sowie eine ganze Reihe von Taschenbüchern, die aussehen, als seien sie mehrmals gelesen worden, vielleicht am Strand oder in der Badewanne. Er schlägt eines auf. *Sie legte die lavendelblaue Kette um und lächelte sich im Spiegel zu. Sie wusste, er war verrückt nach ihr. Heute Abend würde er sie in seine starken Arme schließen.* Schon als sie noch zusammen waren, hat Luisa solche Bücher gelesen, Kioskromane. Aber sie hat sie nach dem Lesen verschwinden lassen.

Er legt sich erneut aufs Sofa, Cassina, Sonderpreis, weil Ausstellungsstück, und schnellt gleich wieder hoch.

Das Telefon hat geklingelt!

Der sanfte Klingelton war wie ein Peitschenhieb. Es klingelt elfmal, und als es still ist, spürt er sein Herz. Es stampft.

Wer elfmal klingeln lässt, weiß, dass Luisa so lange braucht, um vom Steintisch draußen ins Haus zu rennen. Wer weiß das? Und wer nimmt an, dass Luisa jetzt hier ist? Als sie frisch geschieden waren, hat er manchmal hier angerufen, wenn er sicher sein konnte, dass Luisa nicht da war. Er hörte das sanfte Klingeln und sah das schwarze Telefon vor sich, wie es am Boden neben dem Sofa kauerte, in der Dämmerung der Rollladen-Zeit, sah zwischen den Lamellen das ausgesperrte Licht und an der Wand die blauen Schatten und auf der Fensterbank die Marmorschnecke, die er nicht mehr anfassen durfte, und das war ein bisschen so, als rufe ein Toter mal schnell die Welt an.

Es ist besser, er legt sich im Schlafzimmer hin, er wird bestimmt gleich einschlafen, und vielleicht hält der Schlaf an bis morgen früh, eine Nacht in diesem Bett, eine einzige, die lässt er sich nicht nehmen, nur weil es vorhin geklingelt hat. Er legt sich quer über beide Betten, sodass keines leer ist. Wäre Luisa hier, dann läge sein Kopf so ungefähr auf ihrem Bauch.

Er muss noch einmal aufstehen, weil er vergessen hat, im Wohnzimmer den Rollladen zu schließen, den er vorhin eine Hand breit hochgezogen hat, geht gleich noch zur Toilette, beschließt, nicht zu spülen wegen des Geräusches, kehrt nochmals um und tuts doch.

Die Zikaden sind nach wie vor laut.

Das Licht hat deutlich abgedreht, abendwärts.

Was hat er mit ihr falsch gemacht?

Er überlegt sich gerade, ob er in der Küche eine Flasche Wasser holen soll, da nähert sich ein Motorengeräusch, ein Wagen, der in die Einfahrt abdreht, ein tuckerndes Geräusch, das abgewürgt wird. Dann schlägt die Autotür zu.

Nein, das ist nicht Luisa.

Das ist jemand, der pfeift.

Er denkt so schnell, dass er kaum nachkommt. Waschküche: Dort wird er sich verstecken, und abhauen, wenn der andere im Wohnzimmer die Rollläden hochkurbelt.

Hastig zieht er sich an, hängt den Bademantel über die Stuhllehne und nimmt Schuhe und Rucksack in die Hand. Während er wartend hinter der halb offenen Tür steht, gleitet ein Schatten über den Fenstervorhang: Draußen geht jemand vorbei!

Gleich wird das Geräusch des Schlüssels im Schloss zu hören sein. Aber dann kreischt etwas auf, einer dieser kleinen, stinkenden Motormäher. Was für ein Geschenk: Der Schatten ist nur ein Mann für den Garten, wahrscheinlich ist es Jussuf.

Wieder legt er sich aufs Bett, in den Kleidern, horcht hinaus in den Lärm von Jussufs jaulendem Mäher, den immer wilder sägenden Zikaden und einem nervösen Gezirpe, wer weiß, von wem. Nicht die kleinste Tonlücke, und wäre eine da, müsste man das Blubbern der Hitze hören.

Er möchte sich ausziehen, ist aber zu müde, er stürzt von einem Traum in den nächsten, baut die Zikaden mit ein, erst als Schleifstein, dann als Fahrräder in einem Wettfahren, wacht wieder auf, lauscht.

Er fragt sich, ob sie etwas mitbekommen hat von seinem Hass, der umgehend da war, als sie ihm gesagt hatte: Scheidung. Er hat so kühl und freundlich reagiert wie ein Vorgesetzter, der eine unangenehme Kündigung entgegennimmt. Es war geradezu musterhaft, so wie ers in Seminaren für Führungskräfte gelernt hatte. Dabei wollte er ihr das Gesicht zerkratzen, die Visage, wieder und wieder, in diesen ganzen beschissenen Wochen danach, dich zerkratzen, Gesicht, verstehst du?

Zum Glück ist das vorbei.

Die Decke riecht nach nichts.

Er schreckt ein paar Mal hoch und weiß nicht, wo er ist. Erst als er sich der Länge nach auf das Bett legt, das mal seines war, wird der Schlaf ruhiger. Draußen ist es dunkel geworden, und die Zikaden sind still.

»Du kannst einfach keinen Punkt machen«, hat Luisa gesagt. »Immer machst du einen Doppelpunkt, wenn etwas zu Ende ist. Du redest so, und du lebst so.«

Er erwacht, es muss spätnachts sein, draußen ist es still. So still, als hätte man die Welt erstickt. Jetzt knistert etwas, ganz leicht, etwa so, als wenn er seine Segeljacke vom Boden hochhebt. Es wiederholt sich nicht. Er liegt bewegungslos und hört sein Herz, sonst nichts. Das Knistern ist aus der Diele gekommen, oder aus dem Wohnraum, nicht von draußen. Vielleicht sollte er aufstehen und nachsehen. Vielleicht ist es ein Tier, das knistert.

Die Verandatür ist offen, aber der Rollladen ist zu, deswegen ist er ja extra nochmals aufgestanden.

Er kann sich nicht an Tiere in diesem Haus erinnern, doch, einmal waren Siebenschläfer unterm Dach, *loir*, sagte Jussuf, sie mussten im Wörterbuch nachsehen, was das hieß, und nachher sagte Luisa: Wir haben ein Loirschloss.

Da ist wieder ein Geräusch! Ein winziges Quietschen, ganz nah.

Nun will er es wissen.

Er schwingt sich über den Bettrand und sieht im selben Augenblick die Gestalt im Türrahmen, die nicht stutzt und nicht abhaut, was ihn wundert, sondern sich auf ihn wirft, Einbrecher auf Einbrecher, er wird aufs Bett gedrückt, greift in ein grob rasiertes Gesicht, will es von sich wegstoßen, der Mann ist schwer, drückt ihm die Hand auf die Kehle, aber er kriegt die Hand zu fassen und kann sie hochstemmen, und er schreit, doch eine andere Hand drückt ihm den Schrei zurück in den Hals. Sie rollen über das Bett wie ein kopulierendes Paar, der Mann zischt etwas Unverständliches, es ist nicht klar, wer zuerst auf den Beinen steht, beide sind sie aufrecht, aber stürzen sogleich gemeinsam zu Boden, reißen ein Regal mit, eine Lampe splittert. Und jetzt lässt ihn der Mann endlich los.

Später, als er schon eine ganze Weile gelaufen ist, fängt das Zittern an, das kein Frieren ist, obwohl ihm kalt ist, der Himmel ist erst mauve. Müsste er sich jetzt die Schuhe binden, er brächte es nicht zu Stande. Er wundert sich, dass er an Schuhe und Rucksack gedacht hat, bevor er aus dem Haus rannte.

Der Pfad hinunter zum Meer war noch nie so lang.

Er spürt die Morgenkälte des Sandes durch die Schuhe hindurch, und doch zwingt er sich, weniger rasch zu laufen, er darf nicht zu früh am Bahnhof sein, sonst fällt er auf. Als er im Rücken endlich die Fingerspitzen der Sonne spürt, setzt er sich. Vielleicht leckt sie ihm die Angst weg.

Immer wieder meint er, das Gewicht des schlaffen Arms auf sich zu spüren, den er zur Seite geschoben hat, um sich davonzumachen aus dem Haus und dem Horror. Niemand würde ihm glauben, wenn er das erzählte, aber er darf es ohnehin nicht erzählen, auch Toni nicht, eigentlich wollte er zu Toni sagen: Ich war ein bisschen in Südfrankreich, aber nun geht auch das nicht, denn angenommen, der Mann ist mit dem Nacken so auf das Stahlrohr des Regals aufgeschlagen, dass.

Warum war der Arm so schlaff?

Der Tag setzt sich in Gang. Die Seegullen werden laut. Wenn er die Möwen Seegullen nannte, fand Luisa nichts Lustiges daran.

Wahrscheinlich schafft er es bis Mittag nach Marseille, dann kann er um vier in Lyon sein. Er wird eine gigantische Parkgebühr bezahlen, und morgen wird er im Eiltempo die Stadt ablaufen, damit er zu Hause etwas über Lyon zu sagen weiß. Hoffentlich ist sein Koffer noch da, er ist nicht sicher, ob er den Wagen abgeschlossen hat. Sein Hemd stinkt, er braucht dringend frische Kleidung.

Eine Stimme hebt an zu einem Lied, zwei Töne nur, dann ist es eine Motorsäge.

Eigentlich hat er ja schwimmen wollen heute Morgen. Aber jetzt, nein, er würde von der Angst geradewegs in die Tiefe gezogen. Früher, mit Luisa, war dieses Bad das Beste am Tag, war wie eine kühle, grüne und übergroße Freude, danach rannten sie keuchend den Pfad hoch, und zwischen Keuchern sagte Luisa, was sie sah, »das Geißblatt blüht« oder so was. Danach standen sie zusammen unter der Dusche oder krochen, meerkühl, nochmals unter die Decke.

Angenommen, der Mann rührt sich nicht mehr.

Jussuf wird etwas merken, es wird ihm auffallen, dass der Rollladen zur Hälfte hochgezogen ist, und dann wird er sehen, dass neben der Verandatür die Puttenuhr am Boden liegt und die barocken Kerzenständer, und was lag da noch? So etwas wie eine Tüte oder Tasche. Jussuf wird zu pfeifen aufhören.

Es wird heiß jetzt, Zeit zu gehen. Wenn Pinien und Lorbeer aufgeheizt sind, wird es hier herrlich riechen.

Er wird den Geruch nicht los, den der Einbrecher über ihm ausgeatmet hat.

SAG ES NIEMANDEM

Sie tut es seit zwei Jahren. Sagt sie. Das heißt, in den ersten zwei Jahren ihrer Ehe hat sie es nicht getan. Inzwischen sind die Schränke im Gästezimmer rappelvoll. Im so genannten Gästezimmer. Sie haben schon lange keine Gäste mehr gehabt. Esther scheut sich vor Gästen.

Auch unter dem Gästebett und der Wand entlang aufgestapelt sind Esthers Sachen, nein, nicht Esthers Sachen, sondern das, was sie gestohlen hat. Herrenhemden in Zellophan, Teekannen, Lackschuhe, Puzzles mit tausend Teilen, alles neu, unberührt, ungeöffnet. Esther braucht nicht, was sie stiehlt, stiehlt nicht, was sie braucht, stiehlt nur, was sie muss. Fremdes Eigentum.

Er weiß es, seit er sich im Bett so heftig mit ihr gestritten hat, dass sie in Schluchzen ausbrach und er – zum ersten Mal – mit seiner Decke ins Gästezimmer floh. Am Morgen sah er die Herrenhemden. Silbertabletts. Badezusätze. Videogames.

Sag es niemandem.

Fotoalben. Cognac. Büstenhalter. Taschenmesser.

Ich höre auf damit.

Bridgekarten. Briefbeschwerer. Haarwuchskur.

Sowohl er wie Esther haben eine Unmenge Haare. Seine sind dicht und fein wie ein Maulwurfspelz. Esthers sind kräftig, fast drahtig, und immer in Bewegung, als würde die Luft daran zupfen, weil sie so rot sind.

Jeden Morgen, wenn er zur Arbeit fährt, hat er seine Sporttasche dabei, und darin etwas von Esthers fremder Ware. Die legt er in der Mittagspause da hin, wo sie her sein könnte. Und mittlerweile hat er eine Ahnung von Esthers Kick, von dieser Lust an der Heimlichkeit.

Ich höre auf damit.

Sie hat nicht aufgehört.

Seit vier Jahren ist sie seine Frau. Er hat sofort auf dieses ungebärdige rote Haar reagiert, er weiß noch heute, wie er erschrak, weil es so schön war. Sie war Herbies Freundin. Sie war die Freundin seines Freundes. Sie war die Freundin seines besten Freundes. Da stand sie im Foyer des Kinos und lächelte ihn an.

Esther weiß nichts von seinen mittäglichen Touren. Er kann sie nicht fragen, woher sie die Sachen hat, aber an Preisschildern und anderen Etiketten lässt sich der Laden ablesen oder erraten. Sein Ehrgeiz ist es, die Sachen so am Tatort zurückzulegen, dass sie wirken wie nie entfernt. Vieles stammt aus dem Kaufhaus ganz in der Nähe von Esthers Büro. Hier kennt er inzwischen alle Abteilungen, sogar die für Damenunterwäsche, seit er einen seidenen Slip zurückgelegt hat. Jemand hat ihn aus der Umkleidekabine heraus beobachtet, er hat das fragende Gesicht gesehen.

Er hat gelesen, dass Fetischisten Damenwäsche aus Waschküchen klauen, sie darf nicht neu sein. Er ist froh, dass Esthers Ware neu ist, dass er sich nicht vorstellen muss, was für Leuten sie gehört hat.

Heute hat er eine Tortenplatte und ein paar Lederhandschuhe dabei. Die Tortenplatte ist kein Problem. Sie hat einen goldenen Rand und in der Mitte zwei Fasane. Sie fügt sich bestens ein in ein ausgestelltes Teeservice mit roten und goldenen Punkten. Mit den Handschuhen hat er Schwierigkeiten. Er findet keinen entsprechenden Stand, zu fragen wagt er nicht. Dann fällt ihm ein, dass im Sommer wahrscheinlich keine Handschuhe verkauft werden. Er schwitzt. Schließlich legt er die grasgrünen Handschuhe neben einen ähnlich grünen Strohhut. Geschafft.

»Gehören diese Handschuhe Ihnen?« – »Wie? Ach. Ja.« – »Sie haben sie liegen lassen.« Zum Teufel mit den Handschuhen. Zum Teufel mit Esther. Soll sie endlich zum Psychiater. Irgendwo hat er den Satz gelesen: *Kleptomanie kann mit Kaufrausch oder Trichotilomanie verglichen werden.* Es ist ihm nicht gelungen herauszufinden, was Trichotilomanie bedeutet. Es muss etwas Scheußliches sein.

Die Handschuhe schiebt er in eine Krokotasche.

Karl May war Kleptomane.

Für morgen hat er sich den Raclette-Ofen vorgenommen, aber der passt im Sommer vielleicht auch nirgendwohin. Dann eben das große Puzzle, die Tänzerinnen von Renoir.

Seit ihm Esther die Diebstähle gestanden hat, tut sie im Bett, was er will.

Ich höre auf damit.

Sie hat nicht aufgehört. Er kontrolliert täglich, ob sie etwas Neues geklaut hat. Er schleicht sich ins Gästezimmer, während sie vor dem Fernseher sitzt. So ein- oder zweimal die Woche findet er frische Ware, nicht immer an den gleichen Wochentagen. Er hat versucht, eine Art Klauklimatabelle zu führen. Föhn, Vollmond, Menstruation, Alkohol, Krankenhausbesuche Mutter. Aber er entdeckt keine Übereinstimmungen. Der Zeitpunkt ihres Zugreifens scheint völlig zufällig. Sie stiehlt ein Herrenfoulard, dann drei Tage nichts, dann ein Maniküre-Set, dann sechs Tage nichts, dann zweimal hintereinander dieselben Reisepantoffeln, dann zehn Tage nichts.

Sag es niemandem.

Die frische Ware trägt er nicht zurück, er räumt zuerst mit der alten auf, damit es ihr nicht auffällt. Aber mit ziemlicher

Sicherheit ist ihr das ohnehin egal. Was sie im Gästezimmer deponiert, wirft sie sozusagen weg.

Am liebsten trägt er die großen Sachen zurück. Durch einen gut bewachten Computershop zu schlendern und unauffällig ein vorletztjähriges Software-Überraschungspaket sinnvoll zu platzieren, das jagt den Puls so angenehm hoch wie selten Mal ein Krimi. Und am nächsten Tag sich in eben demselben Computershop nach einem vorletztjährigen Software-Überraschungspaket zu erkundigen, das bewirkt schon fast euphorische Erregtheit. Oder drei Armani-Hemden in der knisternden Verpackung loszuwerden, während nicht ein einziger Kunde zu sehen ist und ein gelangweilter Verkäufer in den Spiegel schaut und im Spiegel vielleicht den halben Laden überblickt, das treibt Schweiß. Sogar die Hände werden nass.

Sie sprechen nie über die Ware im Gästezimmer. Sie ist wie Blaubarts Tür: tabu.

Aus dem Internet hat er den Satz: *Hinter jeder Sucht steckt eine Sehnsucht.* Er weiß nicht, was Esther für eine Sehnsucht haben sollte. Sie hat und sie ist, was sie will. Wenn er jeweils fragt *Geht es uns gut?* – zum Beispiel bei einem Frühstück in der Austerbar –, dann sagt sie immer *ja*, immer. Auf der Dachterrasse, in der Kinopause, beim Auspacken der Wochenendeinkäufe: *Geht es uns gut? Ja. Ja. Ja.*

Übrigens steht Blaubarts Tür stets offen. Wenn man im Korridor daran vorbeigeht, sieht man vom Gästezimmer nichts als die kleine antike Truhe und darüber das gerahmte Irlandplakat.

Was soll das mit der Sehnsucht.

Für Sehnsucht sind sie ohnehin zu alt.

Was der Wand entlang aufgestapelt war, hat jetzt im Schrank Platz. So viel hat er bereits abgetragen. Fast jeden Mittag ist er mit seiner Sporttasche unterwegs. Er ist ungehalten, wenn ihn etwas daran hindert, ein Arbeitsessen, ein Seminar, ein ehemaliger Kollege, der einfach ins Büro platzt.

»Darf ich Sie bitten mitzukommen?« Die Stimme ist leise wie bei einer Liebeserklärung. Und die Hand auf seiner Schulter ist leicht. Er dreht sich um und sieht einen Adamsapfel. Der Kaufhausdetektiv ist einen Kopf größer als er. »Mein Büro ist im Untergeschoss.«

Warum? könnte er sagen. *Meine Tasche ist leer, da, sehen Sie.* Aber er geht mit, weil man kein Aufsehen erregen darf, nicht in diesem Land, nicht in seinem Leben. Er geht hinter dem Detektiv zur Rolltreppe und wundert sich, dass ein Mann so einen fettlichen Hintern haben kann, der beim Gehen zittert.

Er hatte große Mühe, die Zigarrenkiste loszuwerden, ein edles Behältnis aus poliertem Rosenholz, ledergefüttert, das beim Auf- und Zuschließen leise schnaubt. An drei verschiedenen Orten hat er die Kiste hingelegt und wieder eingepackt, er hat das ganze Kaufhaus abgesucht, die Kiste passte einfach nirgendwo hin. Nun liegt sie bei den Reiseandenken, was ihm irgendwie Leid tut. Seine Hände sind mehr als feucht.

Wenn der wüsste, denkt er, als er auf der Rolltreppe auf das leicht gelichtete Haar des Detektivs herabschaut, wenn der wüsste, dass wir zu Hause ein Zimmer voller Klaugut haben. Plötzlich verspürt er eine Wut und weiß nicht genau, auf wen, auf Esther wahrscheinlich.

Der Mann seiner Schwester, Sven, ist Psychologe, sie sehen sich selten, obwohl Sven eigentlich ein netter Typ ist, auch Esther mag ihn. Immer wieder hat er sich vorgenommen, mit Sven mal locker über Esthers Klausucht zu reden, sie sozusagen zufällig ins Gespräch zu bringen. Aber erstens ist ihm bis jetzt kein Vorwand eingefallen, unter dem er Sven anrufen könnte, und zweitens fürchtet er sich vor verständnisvollen Blicken. Sicher würde Sven sich betont salopp geben, auch davor graut ihm, vor einem Spaß wie *aha, die diebische Esther.*

»Würden Sie uns Ihre Tasche zeigen?«, sagt der Detektiv, der sich als »Kundenbetreuer« vorgestellt hat. Auch dieser Satz hat wie eine Liebeserklärung geklungen. Würden Sie uns Ihr Brusthaar zeigen?

Schade, dass er das niemandem erzählen kann.

Die Tasche ist so leer wie eine hohle Hand.

Er erhält einen Gutschein für Kaffee und Kuchen im Kaufhausrestaurant. »Bitte entschuldigen Sie.«

Im Büro glaubt man, weil er immer mit seiner Sporttasche davoneilt, er habe einen Fitnesstick. *Hallo Muskelpater!*, sagen sie. Er hat ein paar Kilos abgenommen, seit er sich nicht mehr zu einem Mittagessen hinsetzt, sondern stehend oder gehend ein Brötchen verdrückt.

»Hast du abgenommen?«, fragt Esther am Pool, als hätte sie ihn schon lange nicht mehr gesehen. Sie haben eine Woche Madeira gebucht, im Reid's Palace. Er liest Esther aus der Hotelgeschichte vor. Rilke, Churchill, Roger Moore haben hier logiert.

Geht es uns gut?

Ja.

Zwar haben sie vom Zimmer aus keinen vollen Meerblick, es ist unter dem Dach und war mal Mansarde. Aber Reid's Palace ist Reid's Palace. Es geht uns gut, und auch George Bernard Shaw und Oskar Lafontaine sind schon hier gewesen.

Abends zieht er den dunklen Anzug an und Esther das meergrüne, lange Kleid, sie schlendern durch das Billardzimmer, durch den Bridgeroom, durch die Boutique. Er versucht sich vorzustellen, was Esther hier klauen wird. Ein paar von den blauen Kacheln vielleicht.

Als er am dritten Tag in ihrem Koffer nachschaut, findet er darin vier Pakete mit *Madeira Embroidery*, alles Tischtücher. Es wäre ihm unangenehmer, sie hätte irgendetwas Silbernes aus der Bar oder aus den Dining Rooms mitgenommen, und er müsste sie nun jeweils am Tisch dauernd beobachten. Er stellt sich vor, wie ihre Tischnachbarn reagieren würden, rutschte Esther beim Aufstehen ein Kerzenhalter vom Schoß. Doch dann fällt ihm ein, dass sie bis jetzt nur käufliche Ware gestohlen hat. Erleichtert schiebt er den Koffer in den Schrank zurück.

Nur ja keine Tischtücher bitte, hatte Esther gesagt, als sie nach der Hochzeit die Geschenke auspackte. Und als dann doch eines zum Vorschein kam und er lachte, nahm sie die Schere und schnitt ein Loch in den Stoff. Sie ist noch schöner als damals, denkt er, als sie in der Hotelhalle in ihrem fließenden Meerjungfrauenkleid auf ihn zueilt.

Heute Abend tritt eine Fado-Sängerin auf, er hat zwei Plätze reservieren lassen, Esther freut sich. Dass der Gesang alles andere ist, als er erwartet hat, tut ihm Leid, vor allem für Esther. Die lauten ekstatischen Klagetöne passen so gar nicht in die luxuriöse Behaglichkeit des Hotels, wo alles angenehm teuer riecht, nach einer Lotion von Selbstbewusstsein. Darum erstaunt es ihn, als er sieht, wie Esthers Tränen laufen, während sie aufrecht und regungslos dasitzt. Verstohlen mustert er andere Gesichter. Es scheint, dass er der Einzige ist, der sich nicht auf diesen Genuss versteht: den Genuss, traurig zu sein.

Er überlegt sich, wie er Esthers *Embroidery* in die Boutique zurückbringen kann. Vor dem Abendessen wäre es günstig, weil die Boutique dann voller Leute ist. Andererseits braucht er ein Badetuch, um die *Embroidery* darin einzuwickeln, und ein Badetuch passt nicht zum dunklen Anzug. Und eine

Ausrede, um sich von Esther abzusetzen, braucht er auch noch.

Ihre Tränen laufen nicht mehr; und obwohl sie merken muss, dass er sie anschaut, schaut sie nicht zurück. Das irritiert ihn bis zum Beleidigtsein, immer wieder schaut er zu ihr hin, und sie bewegt sich nicht. Er wünschte, die Sängerin würde endlich aufhören, er glaubt ihr den Schmerz und die Sehnsucht nicht, nicht mal ihre Bleichheit glaubt er ihr.

Er schläft schlecht in dieser Nacht, steht lange am Fenster und schaut hinaus ins Dunkle und hinunter auf die große Baumkrone, von der er weiß, dass sie voller lavendelblauer Blüten ist. Eine Stunde Flug, und er wäre in Afrika, er könnte zu Herbie reisen, den er seit sechs Jahren nicht mehr gesehen hat. Alle haben sich damals gewundert, dass Herbie sich von der Firma Hals über Kopf dorthin hat versetzen lassen. Kürzlich hat er gehört, Herbie trinke, nehme den ersten Sundowner schon mittags um zwei.

Herbie war sein bester Freund, nach Herbie hat er nie mehr einen besten Freund gehabt.

Vermutlich hat ihm Herbie das mit Esther nie verziehen.

»Ich hab dich Herbie weggenommen«, hat er einmal zu Esther gesagt.

»Ich hatte ja wohl auch noch was dazu zu sagen«, hat sie erwidert.

Geradeaus wäre Afrika.

Er dreht sich ab und blickt zum Bett. Die Silhouette unterm Laken ist immer noch fremdes Eigentum.

Die Tischdecken zurückzubringen, war kein Problem. Im Gegenteil, es war fast zu einfach. Esther saß derweil in der im Hotelpreis inbegriffenen Kosmetikberatung. Als er sie abholte, lächelte sie ihn an wie einen Fremden.

Während sie am Packen sind, bemüht er sich, nicht in ihren Koffer zu schauen, sie soll nicht das Gefühl haben, er vermute oder erhoffe sich darin etwas Geklautes. Er pfeift, und jetzt, am letzten Tag, gesteht er sich ein, dass er sich hier gelangweilt hat, sogar auf dem Tennisplatz, und dass es ihn erregt, an den Schrank im Gästezimmer zu denken und an das, was er als Nächstes zurücktragen will. Zum Beispiel die Brautkrone oder wie man das nennt.

Esther ist braun geworden. Sie steht lange vor dem Spiegel und schminkt sich die Augen grün, so wie es ihr in der Kosmetikberatung gezeigt worden ist.

Als die Polizei anruft, ist er erstaunt.

Wochenlang ist er darauf gefasst gewesen, aber mit der Zeit hat er nicht mehr an die Möglichkeit gedacht, Esther könnte sich erwischen lassen. Nun also doch. Das wird unangenehm.

Wenn er später an diesen Augenblick zurückdenkt, weiß er immer noch, wie er sich gefühlt hat, bevor der Polizeibeamte zu sprechen anfing. Es ist der dritte Tag nach Madeira, und er hat auf seiner Mittagstour eben erfolgreich die schmiedeiserne Feuerzange zurückerstattet, so wie am zweiten Tag die Brautkrone und am ersten das Keimgerät. Süße Erschöpfung, das ist es, was er spürt – nach drei atemlosen Akten. Und als der Polizeibeamte dann spricht und damit sein Leben in zwei Teile zerschneidet, bringt er kaum ein Wort heraus. Schweigend nimmt er im zweiten Teil Platz, im Teil *nach* Esther.

Er fährt nach Hause, an einem Mittwochnachmittag um halb drei, kaum Verkehr, aber das hat ihn nun nicht zu freuen. Die zwei Beamten in Zivil treten rasch ein, noch bei halb geöffneter Tür, die Beileidsbekundung erfolgt im Korridor. Ein Unfall sei auszuschließen, sagt der ältere Beamte, als sie am Tisch sitzen, auf dem die Weingläser von gestern stehen, alles spreche für einen Suizid, auf dieser Strecke habe sich schon mehr als einmal jemand vor den Zug geworfen. Diesmal wars der D1200 aus Milano. Gemeldeter Aufprall: zwei Uhr null neun. »Hat Ihre Frau irgendetwas angedeutet?«

Meine Frau. Ist Esther wirklich seine Frau gewesen? Er sieht sich wieder am Fenster stehen, nachts im Reid's Palace, vor sich Afrika, unter sich der blau blühende Baum, er dreht sich um und blickt auf Esthers Silhouette unter den Betttüchern. Esther, du fremdes Eigentum.

Nein, sie hat nichts angedeutet. Nein, er hat sie am Morgen nicht vermisst, sie geht immer eine Stunde früher aus dem Haus als er. Nein, er hat nicht gemerkt, dass sie nachts aufgestanden ist. Nein, er wünscht keinen psychologischen Beistand. Nein, er hat nichts dagegen, dass sich die beiden Herren etwas umsehen.

Als sie im Gästezimmer stehen, wundert er sich, dass die beiden Schranktüren nicht aufspringen, um eine Aussage zu machen. Seit heute Morgen ist die linke Schrankseite leer. Die Feuerzange war das letzte Stück links. Die Herren schenken dem Schrank keine Beachtung. Ein Blick auf das unberührte Bett, und schon schiebt der Ältere den Jüngeren wieder aus dem Zimmer.

»Sie können mich jederzeit anrufen«, sagt der Ältere nach übermäßig langem Händeschütteln. »Sie haben ja meine Karte.«

Die Karte – *Rolf H. Weber* – liegt auf dem Tisch, zusammen mit einer Liste von Dingen, die morgen zu tun sind. Heute braucht er noch nichts zu tun, er braucht nur zu trauern. Er wird die beiden Weingläser füllen und abwechselnd daraus trinken, sie wieder füllen und trinken, so lange, bis er den Kopf auf die Tischplatte legen muss, auf die Liste von Dingen, die morgen zu tun sind.

Auf dem Weg in die Küche, wo er eine neue Flasche Wein holen will, dreht er ab ins Gästezimmer und stellt sich vor den Schrank. Er ist süchtig nach den leeren weißen Tablaren, süchtig nach der Sensation des Nichts. Langsam zieht er die linke Schranktür auf, und er erschrickt zutiefst. Auf dem Tablar in der Mitte ist ein leuchtendrot lackierter Blechkasten, er hockt da geradezu. Der war heute Morgen nicht im Schrank. Er hat ihn noch nie gesehen.

Gemeldeter Aufprall: zwei Uhr null neun.

Der Kasten hat zwei Fächer, links sind Schuhbürsten, rechts ist Schuhcreme, alles zellophanverpackt und frisch gestohlen.

EIN ERGIEBIGER MORGEN

Das Löwenpaar rührte sich nicht, sie lag, er saß. Teebraun im blonden Gras. Im Fahrzeug war es still bis auf das Atmen von Fernanda. Sie habe mit Xenical dreißig Kilo abgenommen. »Schaut mal, meine Hose«, hatte sie beim Frühstück gesagt und mit dem Daumen das Gummiband der Hose von sich bis zur Tischplatte gespannt. Alle hatten auf ihr weißes Bauchfleisch geblickt. Nun, der dicke Atem war ihr geblieben.

Die Reisegruppe war erst drei Tage unterwegs, man wusste noch nicht viel voneinander. Fernandas Mann, ein Bauunternehmer, aß keine gekochten Zwiebeln. Er hieß Kurt mit T. Der andere, Brittas Mann, hieß Curd mit C und D. Er begann seine Sätze meistens mit »Ich würde sagen«. Dann sags doch, dachte Veit jeweils gereizt. Er war froh, wenn er nicht neben Curd am Tisch saß. Curds Frau hingegen mochte er gern, Britta, sie lachte so ansteckend. Veit verstand bloß nicht, dass jemand wie Britta so langsam las. Er hatte im Flugzeug hinter ihr gesessen und gesehen, wie langsam ihr Finger die Buchzeilen hinunterrutschte. *Ein Schauer durchlief sie*, stand oben auf der Seite, die sie so langsam las, als wärs eine Abhandlung von Adorno.

Ja, und dann noch er und sein Vater. Sein Vater und er.

Das war die Gruppe, verteilt auf zwei Fahrzeuge.

Als Kurt die Wasserflasche fallen ließ, schaute die Löwin kurz zur Seite und gleich wieder geradeaus. Der Löwenmann hatte sich nicht bewegt. Inzwischen war es zehn Uhr, und die Sonne brannte spürbar. Veit sah, dass sein Vater schwitzte. Der

Schweiß sammelte sich in einer Halsfalte und rann von da in den Hemdkragen.

Sein Vater war immer noch freundlich.

Es sah so aus, als sei diese Reise eine gute Idee gewesen.

Plötzlich standen die Löwen.

Kurt und Vater hoben die Kameras, »entsichern«, sagte Vater. Fernanda lächelte Veit anerkennend zu: glatter Typ, dein Alter. Sie hatte zu atmen aufgehört.

Als der Löwe auf die Löwin stieg, knurrte sie, und das Knurren dauerte an, Veit wusste nicht, ob es Lust war. Die Klicks der Kameras waren etwas langsamer als die Stöße des Löwen, aber so stetig, als wären sie Teil der Begattung. Sobald der Löwe sie freigab, schrie die Löwin auf. »Er hat Widerhaken am Penis«, sagte Kurt. Veit lachte. »Echt wahr«, sagte Kurt. Fernanda atmete wieder. Die Löwin hatte sich auf den Rücken geworfen und zeigte ihren weißen Bauch.

Aus dem anderen Fahrzeug hörte man Brittas Lachen.

»Ein ergiebiger Morgen«, sagte Vater.

Erst hatten sie eine überfahrene Zibetkatze gesehen, dann die Hyänen auf dem toten Hippo und die Geier, die landeten wie Fallschirmspringer, einer nach dem andern, Fernanda zählte sie, die Zehner sagte sie hörbar: »sechzig!«, »siebzig!«, bei Hundertzehn hörte sie auf. Ein ergiebiger Morgen. Veit hatte seinem Vater gesagt, er solle nicht so laut reden. »Okay«, hatte Vater erwidert.

Bitte nicht, hatte seine Mutter jeweils gesagt, wenn Vater schrie, und hatte mit schwebenden Händen versucht, seinen Ton zu drosseln, damit dieser im Zimmer bleibe und nicht bis zu den Nachbarn dringe.

Bitte nicht, hatte sie gesagt, als Vater die Glaskaraffe packte und ausholte.

Bitte nicht, hatte sie gesagt, als er Veits Rechenheft zerriss.

»Worauf warten wir noch?«, fragte Veit. »Auf den zweiten Akt«, sagte Kurt. »Löwen können ein paar Mal hintereinander«. Fernanda steckte sich eine Zigarette an. »Die Zigarette danach«, sagte Vater. Wieder lächelte Fernanda Veit anerkennend zu.

Ich hab ihn mindestens zehn Jahre lang gehasst, dachte Veit, ohne dass er es gemerkt hat. Ich habe ihn mit eigenen Händen erwürgt, so oft, dass mir die Hände zu zittern anfingen und ich mit dem Klavierspielen aufhörte. Es sieht so aus, als sei diese Reise eine gute Idee gewesen. »Mein Sohn ist der Gescheite von uns beiden«, hatte Vater gesagt, als sie sich der Reisegruppe vorstellten.

Akt zwei verlief gleich. Wieder das Knurren, das Klicken und der Schrei.

Bei Akt drei kam Unruhe ins Fahrzeug, die Tsetse-Fliegen wurden aufdringlich. Als sich die Löwin auf den Rücken warf, ließ der Fahrer den Motor an.

»Alles im Kasten«, sagte Vater. »Nur der Leopard fehlt noch.«

Ich such dir einen, dachte Veit, während sie über die weite messinggelbe Grasebene rumpelten und Fernanda mit der Fliegenklatsche um sich schlug. Nur langsam kam der Waldrand näher. Kaum hielt der Fahrer an, sprang Fernanda aus dem Fahrzeug und lief auf das Buschwerk zu. »Watch the leopard!«, rief der Fahrer und lachte. Er hieß Leiman und war wie der zweite Fahrer indischer Abstammung. Beide waren sie breitschultrige, gut genährte, honigbraune Typen von ausgesuchter Freundlichkeit. Wenn sie einen Scherz machten, wandten sie gleich danach den Kopf ab, und Veit staunte, wie rasch ihr Gesicht erneut ernst war. Der jüngere hieß Rajif.

»Das war knapp«, sagte Fernanda, als sie zwischen den Büschen hervortrat. Veit bemühte sich, nicht an ihr Hinterteil zu denken, das vermutlich so weiß war wie der abgespeckte Bauch.

Nun parkte auch das zweite Fahrzeug im Schatten der Schirmakazie. »Ich würde sagen«, sagte Curd, »der Mensch kann nur staunen, wie rasch ein Löwe seine Batterie wieder auflädt. Ich würde sagen, so ein Löwenleben ist gar nicht übel.«

Rajif stellte Tassen auf die Kühlerhaube. Nun gab es Kaffee und Bananen. Vater zeigte auf die dunklen Schemen in der Ferne. »Elefanten?« – »Wahrscheinlich Termitenburgen«, sagte Kurt. »Die sind hier grauschwarz, wie die Erde.« – »Habt ihr schon mal eine Termitenkönigin gesehen?«, fragte Fernanda. »Etwa so bin ich mir vorgekommen, vor Xenical.«

Sie hat eine neue Zeitrechnung, dachte Veit, vor und nach Xenical. Ich habe immer dieselbe, vielleicht müsste ich das mal ändern.

Täuschte er sich, oder war eine Innigkeit in den Blicken, die sich Leiman und Rajif zuwarfen? Wenn sie zusammen lachten, blieb das Lachen im Gesicht liegen, anders, als wenn sie mit den Gästen lachten. Veit musste immer wieder zu ihnen hinschauen, auf ihre Insel der Vertrautheit. Vielleicht lagen sie nachts im selben Schlafsack.

Heute Abend musste er endlich seine Reisenotizen nachtragen.

Auf der Rückfahrt ins Camp suchte Veit für Vater den Leoparden. Der musste jetzt, in der Hitze, im Laubschatten auf einer Astgabel liegen. Jeden größeren Baum tastete Veit mit schnellen Augen ab. Auch Leiman sah ab und zu in die Bäume hoch. Veit wollte der Erste sein. Meistens war es Fernanda, welche die großen Entdeckungen machte. Aber jetzt saß sie müde auf dem Rücksitz und ließ den Atem sausen.

»Look, Francolins«, sagte Leiman, jedoch drehte niemand mehr den Kopf wegen ein paar aufgescheuchter Hühnchen.

Löwenschauspiel in drei Akten, das reichte für lange.

Der graue Staub der Piste war so fein wie Puddingpulver. Veits Augen brannten. Der Leopard blieb aus. Jede neue Hoffnung war nichts als eine Astverdickung.

Als Veit achtzehn war, hatte ihm Vater eine Reise nach Rom bezahlt, zweitausend Franken, überwiesen auf Mutters Konto. Zum Dank hatte Veit sein Reisetagebuch kopiert und es Vater geschickt. Mit Klarsichtdeckblatt und Spiralbindung. Vater hatte nie reagiert, und Veit hatte sich geschämt, ohne genau zu wissen, worüber.

Im Camp roch es nach Holzfeuer. Jackson, der Küchenboy, stand über einen Tisch gebeugt und bügelte. »Dein Hemd!«, sagte Veit zu Vater, »dein Hemd wird gebügelt, mit einem Kohlebügeleisen.«

Vater hörte nicht hin, er wühlte in seinem Rucksack.

»Alex!«, sagte Veit, »dein Hemd!« Es fiel ihm äußerst schwer, »Alex« zu sagen, obwohl es bereits vier Tage her war, dass Vater das vorgeschlagen hatte, er mied Situationen, die ein »Alex« verlangten.

»Ach«, sagte Vater, »das gibt ein Foto.«

Es war ein grünes Hemd mit weißen Streifen, es wirkte unter Jacksons großen schwarzen Händen wie ein Kinderhemd. »Smile«, sagte Vater, aber Jackson lächelte bereits. Er lächelte immer. »Netter Kerl«, sagte Vater.

Der Koch trat hinzu, ein grauhaariger drahtiger Schwarzer mit der Würde eines Staatspräsidenten. Er zeigte ihnen die solarbetriebene Kühltruhe und die Blechkiste auf dem heißen Aschenhaufen, in der ein Kuchen gebacken wurde, und er ließ sie an der Erdnuss-Suppe riechen, die fürs Mittagessen bereitstand. »Netter Kerl«, sagte Vater.

Eigentlich sah der Rucksack aus wie vorher, nur etwas staubiger. Er lag an derselben Stelle. Vater hob ihn hoch und sagte mit leiser Stimme »Gott«. Er griff hinein und zog etwas heraus, das mal sein Teleobjektiv gewesen war, ein zerquetschtes, verdrehtes Stück Rohr, er hielt es mit Daumen und Mittelfinger von sich weg, wie ein totes Tier.

»Gott.«

Er nahm den Rucksack und schüttelte ihn aus.

Dann schrie er.

Dieses Fluchwort, speichelgeschleudert, hatte Veit schon lange nicht mehr gehört. Es lähmte ihn sofort, wie damals sanken seine Arme und gingen kraftlos unter.

Vater brüllte. Sein Gesicht war weiß, der Hals dunkelrot gefleckt.

»Wer war das?«

Am Boden lagen Glassplitter, eingebeulte und flachgestampfte Filmdosen, ein Stück Filmstreifen bewegte sich in der Hitze.

Leiman kam angerannt.

Vater hielt das Objektiv hoch wie einen Revolver.

»Wer war das?«

»The car«, flüsterte Leiman, »it must have been the car.«

»Und welcher gottverfluchte Vollidiot fährt einfach über meinen Rucksack?«

Leiman verstand, dass das eine Frage war.

»I am very sorry«, flüsterte er.

Vater warf ihm das alte Fluchwort ins Gesicht.

Und dann sagte er noch: »Du braunes Arschloch!«

Das halte ich nicht aus, dachte Veit. Nicht noch mal.

Rajif kam, als sie vor dem Zelt saßen. Er war es gewesen. Er hatte die Fahrzeuge geparkt. »I didn't see it«, sagte er mehrmals hintereinander. Er sprach, als ob er zitterte. Vater sagte nichts. Veit erwähnte die Versicherung.

»Du hast ein gutes Stimmorgan, Alex«, sagte Kurt am Tisch. Die Erdnuss-Suppe schmeckt wie Erbrochenes, dachte Veit. Curd sagte: »Ich würde sagen, das ist ein Fall für die Versicherung.« Vaters Hals war immer noch rot gefleckt. Rajif war nicht zum Essen erschienen. »He has a shock«, sagte Leiman.

Das Esszelt stand unter einem großen Gelbfeigenbaum. Ab und zu fiel dumpf eine Feige aufs Dach, dann hielt man kaum merklich kurz inne. Diesmal war es am Tisch stiller als sonst, und die Feigen dumpften lauter. Veit saß so, dass er hinaus in die Ebene sah, auf das auglänzende Flussknie. Giraffen bewegten sich langsam über die Großleinwand, so langsam, als würden sie sachte, unfreiwillig verschoben.

Niemand lachte so richtig, als Vater sagte, bei einer Giraffe denke er an die Kessler-Zwillinge: vier lange Beine in Netzstrümpfen. Kessler-Zwillinge, wer war das noch mal? Vater sah plötzlich so alt aus, wie er war. Das verschwitzte dünne Haar, nach hinten gekämmt, passte nicht an diesen Tisch.

Veit hatte Lust davonzulaufen. Aber das ging nicht, hier in der Steppe ging das nicht.

Hoffentlich brachte die Nachmittagspirsch nichts Besonderes. Verstecke deine Tiere, Gott, ich bitte dich, verbirg vor allem den Leoparden vor dem Mann, der mein Vater ist, denn siehe, es fehlt das richtige Objektiv.

Curd warf plötzlich den Kopf in den Nacken, um eine Tablette runterzuspülen. Vater zeigte auf die Packung: »Die nehm ich auch.«

»Da haben wir also etwas gemeinsam«, sagte Curd.

Tag 4

Tote Zibetkatze, totes Hippo, 4 Hyänen, zirka 150 Geier (auch Marabus), Löwen, dreimal kopulierend, Frankolinhühnchen. Kaffee unter Schirmakazie.

V.s Rucksack von Landrover überrollt. Tele kaputt. Auch belichtete Filme mit kop. Löwen.

Nachmittags Pirschfahrt durch beinahe kahlen Miombowald, 2 Warzenschweine plus Junges, am Fluss Krokodile wie gestern.

Frage: Hat der Hirncomputer eines einsamen Steppenmenschen weniger Zeichen?

Am Abend brachte Jackson das Hemd, es lag gefaltet auf seinen ausgestreckten Händen. Vater fand, ein Trinkgeld sei nicht nötig. »Die haben schließlich den ganzen Tag Zeit für so was.« Als er mit dem Hemd im Zelt verschwand, zog Veit eine Dollarnote hervor. Jackson steckte sie so beiläufig in seine Hemdtasche, als würde er da ein Stäubchen wegschnippen.

Veit sah ihm nach. Jackson schlenkerte die Arme gleichzeitig vor und zurück, den ganzen Pfad lang. Das musste ein Zeichen von Freude sein.

Veit hatte nicht gewusst, dass Vater Medikamente nahm. Aber was wusste er von Vaters Leben. Es hatte ein Dateiformat, das er nicht konvertieren konnte, da half auch diese Reise nichts.

Das Beste bis jetzt war der Flug in der Cessna gewesen, wo Veit auf seinem Einzelsitz das Gefühl hatte, allein zu reisen, wo er nicht direkt neben seinem Vater saß, wo er zwei Stunden lang mit niemandem teilen musste, was er sah, dieses braungebackene Stück Erde, stoppelig, unrasiert, unter dem blauen Dunst eines himmlischen Rauchers. Manchmal hatte das Braun einen kleinen kreisfleckigen Ausschlag, das waren ein paar runde Hütten, ein Kral und ein Dreschplatz, da lebte jemand und dachte sich was. Veit vergaß, dass er in einer Cessna saß, er flog von allein, mit ausgestreckter Seele, über das gefurchte Antlitz der Welt. Einmal sah er Wasser in einer Furche, und er wunderte sich, dass der Fluss nicht glänzte, sondern aussah wie gemalt. Einmal sah er ein Fahrzeug, das rückwärts von nirgends nach nirgends fuhr.

Während des Sinkflugs fand sich Veit wieder auf seinem Sitz. In den schmalen Korridor zwischen den Sitzen ragte ein Bein mit heraufgerutschter Hose, und Veit stellte erschreckt fest, dass die wachsbleiche, scheckige alte Haut zu seinem Vater gehörte.

»Du braunes Arschloch!« Es gelang Veit nicht, Vaters Stimme zu löschen. Immer wieder tauchte sie auf und dann ein in die Geräusche der Nacht. Veit lag auf dem Bett und wusste, dass er vergeblich auf Schlaf wartete. Vom Bett nebenan vernahm er Vaters Schnaufen, ein stetiges leichtes Schaben an einem schlaffen Gaumen. Manchmal, nach einem Gurgeln, setzte es kurz aus.

Leiman hatte sie nach dem Abendessen zum Zelt begleitet, bewaffnet, denn eine Gruppe von acht Elefanten war ganz nah ans Camp herangekommen. Veit konnte ein Knacken und Krachen in den Bäumen hören, das waren sie, laubrupfend. Er stellte sich vor, wie sie im Dunkeln aßen, Mütter, Tanten und Kinder. Er wusste nicht, wie es war, eine Familie zu sein.

In der letzten Nacht hatte er Löwen gehört. Diesmal erkannte er keine der Stimmen, außer diesen lachenden Hochsprung, das war die Hyäne. Etwas schnarrte, sehr laut und immer wieder. Etwas unkte. Vieles zirpte, raschelte, knisterte. Und in das feine Gewebe mischte sich immer wieder »Du braunes Arschloch!«

Was nun. Was sollte er mit diesem Mann neben ihm im Zelt. Wie waren weitere Tage mit ihm auszuhalten. Als Kind hatte er sich jeweils in sein Zimmer geflüchtet, hatte mit dem Schlüssel die Tür zugesperrt. Er hatte gelernt, die Ohren zuzuhalten in jenen »Bitte nicht!«-Jahren.

Das schabende Schnaufen war nun ein Schnarchen geworden. Veit hob die Decke, tastete sich mit dem ausgestreckten Bein an Vaters Bett und stieß mit dem Fuß ein paar Mal zu.

Diese Reise, zuerst definiert als gute Idee, war jetzt nur noch sträflicher Leichtsinn. Sie hatten sich zusammen in ein Zimmer gesperrt, aus dem nur einmal wöchentlich mit der Cessna zu entkommen war. Wer sonst wie floh, wurde Geierfutter.

Noch zwei Tage und zwei Nächte Haft.

Gegen Morgen, mit dem Ruf der Tauben, fiel Veit in Schlaf.

wastuustdududu. wastuustdududu.

Beim Frühstück sagte Fernanda: »Es ist traurig, wie schnell diese Tage vergehen.« – »Das ist nun mal so am Äquator«, sagte Kurt, »zwölf Stunden, dann geht das Licht aus.« – »So hab ichs nicht gemeint«, sagte Fernanda. – »Sie hat gemeint«, sagte Vater, und Veit erschrak wie immer, wenn er das Wort ergriff, »für diesen Preis müsste der Tag etwas länger sein. Habt ihr mal ausgerechnet, was uns die Stunde kostet?«

Am Tisch wurde es still, Britta stoppte die Tasse vor dem Mund.

»Einen Fünfziger.«

Zum Glück verstand Leiman kein Deutsch. Er blickte höflich zu Vater.

»Na dann, drauf mit der Butter«, sagte Kurt und strich weiter an seinem Brot.

»Schreiseeadler«, sagte Curd. »Hört ihr?« – »Tönt wie Jauchzen«, sagte Fernanda.

»Einen Fünfziger, Bedienung inbegriffen«, sagte Vater und drehte sich nach Rajif um.

Veit packte die Saftkaraffe, um sie in Gedanken gegen die Wand zu schmettern. So hatte er früher, gedanklich, jeweils den halben Tisch abgeräumt.

Hier gab es keine Wand.

Rundum war Morgenluft, noch kühl von der Nacht, noch rosa von der neuen Sonne.

Tag 5

Dunkler Streifen am Horizont: eine Büffelherde, etwa tausend Tiere. Löwe jagt Warzenschweinkind. Derweil stehen die alten Warzenschweine bewegungslos da. 21 Perlhühner hintereinander, wie an einer Schnur über die Ebene gezogen. Wiederum das ganze Angebot: Buschbock, Wasserbock, Impala, Zebra … siehe Liste Reiseführer.

Kein Leopard.

Frage: Wie stellt sich Jackson, der mir seine dicke, kleine Bibel gezeigt hat, die Jungfrau Maria vor? Goldbraun oder nachtschwarz? Und warum scheinen die Sterne hier näher?

Veit konnte sich erinnern, dass er einmal ein Bild von der Wand hinter dem Esstisch malen wollte, so wie sie ausgesehen hätte, wenn. Weinrot und tomatenrot übergossen, suppenbraun gefleckt und safrangelb verkrustet, mit steckenden Gabeln und Messern, und in der Mitte der goldgerahmte Stich von Alt-Basel. Aber als er das Weinrot nicht hinkriegte, gab er auf.

Noch zwei Nächte Haft.

Als Vater anrief und diese Reise vorschlug, war Veit so sprachlos, als riefe Vater aus dem Jenseits an. Den Kontakt erneuern, sagte die Stimme von drüben, er sechzig, Veit dreißig – ein Grund, oder nicht?

Veit hatte drei Tage Bedenkzeit.

Er hatte nicht bedacht, dass Vater womöglich noch derselbe sein könnte.

Nun kostete ihn die Stunde Hass einen Fünziger.

Wieder lag Veit wach und hörte Vaters schabenden Atem. Auch außen am Zelt schnaufte etwas, vielleicht ein grasendes Hippo, zwei Tonnen strammes Fleisch, das am Tag mit Hunderten von weiteren Tonnen im braunen Flusswasser dümpelte. Britta fand Hippos »süß«, wegen der rosaroten Ohren. Heute musste Curd für Britta ausschließlich Ohren fotografieren. Vater hatte demonstrativ keine einzige Aufnahme gemacht. Leiman sollte wohl an das überfahrene Objektiv erinnert werden. Inzwischen hatte er auch Veit für schuldig befunden. – »Ich wollte ja gleich unter die Dusche, hättest du mich bloß nicht zu diesem verdammten Kohlebügeleisen dirigiert.«

Meistens war Mutter Schuld gewesen. Und damit auch Veit, an Mutters Seite, in Mutters Schatten. Und spürte er kein Schuldgefühl, dann fühlte er sich schuldig, weil er kein Schuldgefühl spürte.

Als Veit aufwachte, war es immer noch völlig dunkel. Immer noch war von draußen das Schnarren zu hören, von dem er nicht wusste, was es war. Das Schnaufen vor dem Zelt hatte aufgehört. Er griff nach der Taschenlampe unterm Bett und leuchtete auf die Uhr – zehn nach vier. Veit lauschte, und plötzlich erkannte er, was ihm so laut vorkam: Es war die Stille vom Bett nebenan.

Veit wartete. Vaters Schaben setzte nicht ein.

Was für eine wunderbare Ruhe.

Veit drehte sich aufs linke Ohr und presste das Kissen aufs rechte. Als er es hochhob, war die Ruhe immer noch da. Er zählte bis hundert und lauschte wieder.

Kein Geräusch von der anderen Seite.

So still, dachte Veit, war er noch nie, der Mann, der meine Mutter krankgeschrien hat.

Veit versuchte, den weggerutschten Schlaf von vorhin wieder übers Gesicht zu ziehen. Aber er blieb wach. Wann sollte er Vater und den anderen klarmachen, dass er keine zweite Woche bleiben wollte und nicht mit auf die Insel kam? Am besten gleich nach der Landung in Arusha – und dann sofort via Taxi verschwinden. Er vermutete, dass Vater seinen Abscheu spürte. Er hatte heute Abend, als Veit ihn etwas fragte, so merkwürdig abwesend geantwortet, so als hätte auch er sich abgesetzt. »Brauchst du noch heißes Wasser?« – »Das ist ein Thema für sich.« – »Ich meine, willst du dich noch waschen?« – »Durchaus, durchaus.« – »Hörst du mir überhaupt zu?« – »Ja, der Mückenspray ist leer.« Veit hatte aufgehört zu fragen.

Ein Löwe brüllte, ein zweiter brüllte zurück, sie mussten nah am Camp sein.

»Hast du gehört?«, sagte Veit.

Vater sagte nichts.

Veit streckte den Arm aus und rüttelte an Vaters Bett.

Etwas kollerte auf den Boden.

Noch einmal brüllten die Löwen. Dann blieb es still.

Veit fror. Die Decken auf diesen Feldbetten waren dünn. Und plötzlich wusste er, dass die Kälte von der Stille kam. Etwas mit Vater stimmte nicht.

Er musste Licht machen und nachsehen.

Wäre auf dem Bett ein anderer, dachte Veit, würde ich Licht machen und nachsehen.

Er glaubte nicht, dass Britta die Flusspferde süß fand. Er war es, der stille Veit aus dem anderen Fahrzeug, den sie süß fand. Es waren seine Ohren, die Curd hätte fotografieren müssen.

Wenn sie wüsste, dachte Veit, dass ich nicht Licht mache und nicht nachsehe.

Aber kein Mensch weiß, dass ich nicht schlafe.

Das Teleobjektiv sei siebentausend wert, hatte Vater gesagt. Das hatten Leiman und Rajif verstanden, auch wenn sie kein Deutsch konnten. Ob sie jetzt im Schlafsack lagen und sich aneinander klammerten?

Er war nun sicher, dass er nie eine Kamera kaufen wollte. Die Mondsichel im türkisgrünen Morgenhimmel oder das hochgestreckte Hinterbein des toten Hippos, das blieb gespeichert, und wenn nicht, wars auch egal.

Veit packte die Taschenlampe, strich mit dem Zeigefinger leicht über den Kippschalter. Dann drückte er. Der Lichtstrahl ging zum Zeltdach, Veit drehte ihn ab, auf Vaters Bett, in Vaters Gesicht.

Es bewegte sich nicht.

Die Augen waren nicht ganz geschlossen.

Der Mund war irgendwie verbogen. In einem Winkel war etwas Spuckeschaum.

Veit spürte, wie er ruhig wurde. Er löschte die Lampe. Niemand weiß, dass ich nicht schlafe, dachte er.

Wahrscheinlich ist er tot.

Britta würde es wissen.

Britta war Krankenschwester, auf einer Intensivstation.

Wieder die Löwen, diesmal weiter weg.

Die *Flying Doctors* konnten in drei Stunden hier sein.
Britta würde wissen, ob noch was zu machen war.
Er musste Alarm schlagen.
Er musste Vater anfassen, zum Beispiel an der Schulter.

Veit machte Licht. Er warf nochmals einen Blick auf Vaters Gesicht, dann bückte er sich nach den Schuhen. Der Reißverschluss des Zelteingangs klemmte diesmal nicht.

LIEBER, LIEBER HERR FRANK

Sie tippt ihren Namen nur noch ungern. *Wilde* ist zwar für den Bruchteil einer Sekunde auf dem Bildschirm zu sehen, aber dann wird *Wille* draus. Irgendetwas tut sich da im Computer, weiß der Teufel, was. Irgendetwas Teuflisches tut sich da. Manchmal muss sie dreimal korrigieren, bis ihr Name richtig dasteht: *Olga Wilde*. Mit Olga passiert nichts dergleichen, vorläufig. Hoffentlich entschließt sich der Computer nicht plötzlich, sie Olla zu taufen. *Olla Wille*, bitte nicht.

Zuweilen fällt ihr irgendwo unterwegs ein, dass sie vergessen hat, ihren Namen zu kontrollieren, bevor sie der Redaktion ihren Text gemailt hat. Dann hat sie keine Ruhe mehr, bis sie zu Hause nachschauen kann. Olga Wilde. Ihr Markenzeichen.

Dass ihr Name ein Markenzeichen geworden ist, dafür hat sie bezahlt, mit einem Fleiß, den sie selber nicht versteht, und mit einem Ehrgeiz, den Erwin nicht ausgehalten hat.

»Olga, komm ins Bett.« – »Ja, gleich.« Nur noch den Schlusssatz ändern, und am ersten Abschnitt stimmt etwas noch nicht. Und der zweite ist schwerfällig, der dritte ist unklar, der vierte trivial, feilen, feilen, feilen. »Olga, kommst du?« – »Ja, gleich.«

Erwin ist ausgezogen. Weg, fort, fertig.

Es macht ihr weniger aus, als sie befürchtet hat. Was man jetzt von ihr denkt, das ist es eigentlich nur, was sie beschäftigt. Nach ein paar Wochen ist ihr auch das egal. Und in der Wohnung riecht nichts mehr nach Erwin.

Das mit der Teedose will sie zuerst nicht zur Kenntnis nehmen. Sie hat nach der Teedose im Küchenschrank gegriffen, aber die war nicht da, wo sie immer ist, sondern ein Tablar höher. Immer um vier macht sie sich einen Tee, mit Milch und Zucker, immer um vier, Griff in den Schrank nach der Teedose. Als die Teedose das zweite Mal auf dem oberen statt auf dem unteren Tablar steht, wundert sie sich ein wenig.

Das obere Tablar hat sie für Dinge bestimmt, die sie seltener braucht, Suppen, Honig, Maizena und dergleichen. Sie nutzt gerne, was ohnehin gegeben ist: die Höhe eines fixen Tablars, das eingebaute Silbentrennungsprogramm, das Grün ihrer Augen bei der Kleiderwahl, Kirchenglockengeläut, zu dem sie am Schreibtisch die Augen schließt und sich entspannt.

Die Teedose gehört aufs untere Tablar.

Als sie wieder auf dem oberen steht, verspürt sie das gleiche Unbehagen, wie dann, wenn der Computer ihren Namen ändert.

Als sie für eine Serie über alte Menschen den regionalen Journalistenpreis gewinnt, hat der Name *Olga Wilde* einen gesicherten Glanz. Trotzdem schreibt der Computer weiterhin *Wille* und muss hartnäckig zu *Wilde* überredet werden. Sie nennt ihn blöden Heini oder sturen Bock und versucht dazu zu lächeln.

Sie lächelt auch vor dem Fernseher, als das Signet der Tagesschau erscheint und nach einem Sekundenbruchteil in einen Comic übergeht, in das unangenehme Gejaule von *Tom und Jerry*. Nach zweimaligem Tastendrücken ist die Tagesschau wieder da.

Ein paar Tage später schiebt sich das Tagesschau-Signet in eine Gospel-Gruppe, und die Kamera schwenkt geradewegs auf den Dirigenten, so, dass er ins Bild schaut beziehungsweise auf sie, die auf dem Sofa sitzt und erschrickt. Hastig drückt sie zweimal auf die Taste. Ein unangenehmer Mensch, dieser Dirigent.

Immer häufiger kommt es vor, dass der eingestellte Sender von einem anderen Sender überrumpelt wird, dass sich auf dem Bildschirm etwas Unerwünschtes breit macht, was erst nach heftigem Tastendrücken wieder verschwindet, ein seziertes Auge, kämpfende Leiber, ein Heimatfilm. Sie vermeidet es, die Fernbedienung aus der Hand zu legen.

Tücken der Technik, denkt sie, was solls. Mit Schaltern, Kabeln, Tastaturen hat sie sich nie gern eingelassen, das war immer Erwins Sache. Aber lieber mit den Tücken leben als mit Erwin.

Was die wunderlichen Veränderungen an der Strickjacke betrifft, so macht ihr das zwar keine Angst. Aber ein Ängstchen, das spürt sie schon. Sie hat die teure Jacke vor einem Jahr in einem Anfall von Übermut gekauft, sie ist wunderbar weich, und das Sandgrau ist genau richtig zu ihrem sandblonden Haar. Wenn sie die Jacke anzieht, fühlt sie sich gleich etwas schöner.

Ein kleines Loch im linken Ärmel kann sie mit sandgrauem Nähfaden so zusammenzurren, dass nichts Geflicktes zu sehen ist. Als sie die Jacke am nächsten Morgen vom Stuhl nimmt, ist das Loch wieder offen, der Faden hängt herab.

Das wiederholt sich zweimal.

Danach bleibt das Loch zu.

Nach ein paar Tagen ist im rechten Ärmel ein Loch. Es hat ungefähr die gleiche Größe und die gleiche Position. Sie sieht es, als sie an einer Redaktionssitzung die Zuckerdose über den Tisch reicht.

Auch dieses Loch muss sie mehr als einmal zunähen.

Eigenartig ist, dass die beiden Löcher seitengleich waren.

Wie Wundmale, denkt sie, vielleicht bin ich als Heilige vorgesehen. Sie untersucht die Armlehnen ihres Arbeitsstuhles und die Ärmelfutter ihrer Lederjacke. Aber da ist nichts, was scheuert oder woran man hängen bleiben könnte.

Als die Jacke links auf Brusthöhe ein Loch hat, flickt sie auch das und schließt dann die Jacke in den Schrank. Sie will nicht sehen, ob das Loch wieder aufgeht.

Zudem ist der Mai warm, fast heiß, man braucht nichts Wollenes mehr.

Dass ihr etwas nicht mehr gehorcht, spürt sie weiterhin. Über Spukgläubige hat sie sich immer lustig gemacht. Nein, an Spuk glaubt sie nicht, auch wenn sich nun der Drucker seltsam benimmt. Seit neuestem lässt er in ihrem Briefkopf konsequent drei Buchstaben weg. Statt *Zürich* heißt es immer nur *ich*. Sie hat den Briefkopf neu gestaltet – drei Zeilen statt zwei und alles halbfett – aber nach wie vor heißt es *ich*. Sie versucht alles Mögliche, schimpft laut in die Tasten und jagt fast eine ganze Packung Papier durch den Drucker. Nun hat sie jede Menge versautes Papier … *ich, ich, ich*. Sie legt es als Notizpapier neben das Telefon. Da wird es lange liegen, immer seltener ruft jemand an, zu notieren gibt es nichts.

Von Erwins Tod erfährt sie durch die Zeitung. »Er hat uns verlassen«, steht in der Anzeige. Sie ruft Erwins Schwester an. »Er hat sich umgebracht«, sagt sie.

Kann sein, dass das ein Vorwurf ist. Aber sollte ihr jemand Schuld zuweisen, wird sie die Annahme verweigern. Sie hat Erwin nicht fortgejagt. Er ist freiwillig aus dem Haus gegangen. Und aus dem Leben nun auch.

Für die Beerdigung holt sie die graue Jacke aus dem Schrank. Das Loch links auf Brusthöhe hat sich nicht mehr geöffnet. Dafür ist rechts auf Brusthöhe ein neues Loch. Wieder zwei Wundmale, denkt sie. Sie würde gerne weinen. Aber sie will nicht verweint zu Erwins Beerdigung gehen.

»Er ist heimgegangen«, sagt der Pfarrer, und sie erschrickt kurz, weil das klingt, als sei Erwin nach Hause gegangen, zu ihr, an die Rieterstraße, in die Wohnung im dritten Stock, in das Wohnzimmer, wo noch das Frühstücksgeschirr auf dem Tisch steht, eine Tasse, ein Teller. »Er ist heimgegangen, ins Licht.«

Ihr fällt auf, wie oft sie etwas vergisst, einen Arzttermin, einen Geburtstag oder dienstags die Müllabfuhr. In ihren Texten fehlen Fußnoten, Quellenangaben, Querverweise. Sie erhält von der Redaktion Mails mit der Anrede »Liebe Olga Demenza«. Sie, die immer perfekte Arbeit abgeliefert hat. Sie ärgert sich nicht, sie wundert sich eher, sie schaut sich leicht erstaunt im Spiegel an. Sie hat sich nicht selber verändert, es ist das Unbekannte, das sie verändert hat.

Das Unbekannte spricht neuerdings aus der Musik, die sie hört. In verschiedensten Songs am Radio hat sie häufig im Hintergrund ein *hey men* gehört und sich zuerst gedacht, dass sich die Bands imitieren. Inzwischen weiß sie, dass nicht *hey men*, sondern englisch *Amen* gesungen wird. Sie hört das Amen nun auch in ihren liebsten CDs. Cecilia Bartoli singt es italienisch, Ibrahim Ferrer singt es spanisch. Immer häufiger hört sie es, mitten im Satz, sogar mitten im Wort kommt das Amen vor, wo es doch eigentlich an den Schluss von etwas gehört.

Sie schlägt im etymologischen Wörterbuch nach: Amen ist hebräisch und bedeutet: »Wahrlich, es geschehe!«

Es geschieht etwas. Es geschieht etwas mit ihr, und sie hat es zuzulassen. Die graue Strickjacke hat inzwischen an der Schulter ein Loch, einen Blattschuss. Was solls, es gibt Schlimmeres, damit lässts sich leben. Und doch bleibt sie manchmal mitten im Zimmer stehen, als müsste sie sich dringend eine Frage stellen und wüsste nicht, welche.

Neuerdings meint sie, in manchen Gesichtern eine leichte Befremdung zu spüren. Sie findet aber hinterher immer eine Erklärung. Zum Beispiel hat sie selber ihren Schweiß gerochen, als sie das Büro des Redaktionsleiters verließ. Oder neulich im Supermarkt an der Kasse hat sie selber bemerkt, dass sie versehentlich *Amen* gesagt hat statt *Danke*.

Ein halbes Jahr nach Erwins Tod macht sie sich auf, sein Grab zu besuchen. Sie holt die Handschuhe hervor, die er bei seinem Auszug vergessen hat. Sie sind aus braunem Leder, und wenn sie sie, Handrücken nach unten, auf den Tisch legt, sehen sie aus, als wären Erwins Hände drin. Sie verwirft die Idee, die Handschuhe aufs Grab zu legen, es würde ihm vielleicht nicht gefallen. Unterwegs kauft sie einen bunten Strauß.

Auf dem Grab steht ein Holzkreuz, was ihr Leid tut für Erwin, er hat Kreuze nicht gemocht, an Halsketten nicht und auf Bergspitzen nicht, und schon gar nicht die mit einem schmerzverkrümmten Leichnam dran. Dass das Kreuz entfernt wird, sobald der Grabstein fertig ist, kann Erwin nicht wissen. Sie weiß es von Erwins Schwester. Auf dem Grab liegt bereits ein bunter Strauß, fast gleich wie der ihre, nur verwelkt.

»Ich hab noch deine Handschuhe«, sagt sie. »Machs gut«, sagt sie und geht.

Nach ein paar Schritten kehrt sie noch einmal ans Grab zurück. »Danke«, sagt sie.

Zu Hause sieht sie sofort, dass die Handschuhe nicht mehr auf dem Tisch liegen. Sie schaut im Schrank nach, an ihrem alten Platz, aber da sind sie auch nicht. Sie liegen auf dem

Fensterbrett. Von mir aus, denkt sie, bleibt, wo ihr wollt. Sie setzt sich an den Computer, ruft ein paar Zeitungen ab, die *Süddeutsche*, die *FAZ*, und als sie mitten in einer Statistik der Drittweltländer steckt, wird der Bildschirm dunkelrot, und in weißen Lettern taucht *JESUS* auf und dann noch *LIEBT DICH!*

Das geht zu weit, denkt sie. Lasst mich gefälligst in Ruhe. Wütend klickt sie die Icons am unteren Bildrand an: »Über uns«, »Heile Seelen«, »Kontakt«. Aber immer heißt es nur, der Server sei ausgefallen. Sie nimmt sich vor, sich zu betrinken und weinschwer ins Bett zu fallen, aber es ist kein Wein da.

Am nächsten Morgen drückt sie extra langsam auf die Tasten, um sich ja nicht zu verschreiben. Trotzdem erscheint *JESUS*. Sie schreit. Der Schrei spritzt wie ein Niesen aus ihr heraus, und sie erschrickt über ihren Schrei, sie schreit sonst nie. *LIEBT DICH!*

Olga, wir spinnen, sagt sie. Gerne würde sie sich eine Tasse Tee machen, aber seit einiger Zeit fürchtet sie sich, an den betreffenden Schrank zu gehen, weil sie inzwischen weiß, dass sich die Dinge darin dauernd bewegen und lautlos den Platz wechseln. Also trinkt sie ihren Morgen- und Nachmittagstee auswärts, meistens im Frohsinn, der hat immer geöffnet. Olga, wir spinnen, sagt sie, unterwegs zum Frohsinn, denn was sie auch anschaut – in Kürze ist es dunkelrot wie der Bildschirm hinter *JESUS*. Im Frohsinn wird das Tischtuch dunkelrot, das weiße Hemd von Carlo, dem Kellner, auch seine Hände, als er das Wechselgeld herauszählt. Olga, sagt sie, wir brauchen Ferien. Gleich morgen wird sie aufbrechen, südwärts fahren, ohne noch einmal ihren Computer zu starten, in der Redaktion wird sie sich mit einer Postkarte abmelden, ratet mal, wo ich bin. Sie fragt Carlo, *da dove viene*, und als er *Trieste* sagt, weiß sie, wohin sie morgen fährt.

Sie hat rasch gepackt, sie braucht wenig, die graue Jacke, geflickt, zwei Paar Jeans, etwas Wäsche, Bücher. Plötzlich liegen Erwins Handschuhe auf der offenen Tasche, sie schubst sie rein. Denn wenn sie die Handschuhe jetzt weglegt, werden sie auf der Reise vielleicht erst recht in der Tasche sein. Die Bahnverbindung nach Trieste könnte sie online erfragen und pfeifen auf *JESUS*, falls er erschiene. Aber sie hat Angst, dass sie wieder von diesem Dunkelrot überschwemmt wird, vor dem Einschlafen und wenn sie nachts aufwacht, darum ruft sie beim Bahnhof an. Der Zug fährt um sieben Uhr nullvier, der Mann am Telefon, ein Herr Frank, hat eine nette Stimme, es wäre schön, er käme morgen mit.

Wie immer vor einer Reise will sie die Wohnung in Ordnung bringen und stellt verwundert fest, dass es kaum etwas aufzuräumen gibt, keine Früchte, die vergammeln, keine Blumen, die verfaulen. Zwei Zimmer hat sie gar nicht mehr benutzt, und seit langem isst sie nur noch in der Küche, von immer demselben Teller, sie braucht nur noch wenige Dinge, etwa so viel, wie man in zwei Koffern dabeihat oder in einer Gefängniszelle. In der Wohnung gibt es Trampelpfade, die sieht nur sie, vom Schreibtisch zum Bett, von der WC-Schüssel zum Küchenhocker.

In der Nacht vor der Reise schläft sie schlecht. Sie träumt, jemand gehe im Dunkeln durch ihr Zimmer, wacht erschrocken auf und hat den Eindruck, es gehe tatsächlich jemand durchs Zimmer. Zwar kann sie nichts hören, aber spüren, wie sich die Luft auf ihrem Gesicht unmerklich verlagert. Lange liegt sie reglos da, dann knipst sie das Licht an, läuft zur offenen Tür, schließt sie und dreht den Schlüssel um.

Dass die Tür am Morgen wieder offen stand, fällt ihr erst auf dem Weg zum Bahnhof ein. Sie kann sich nicht erinnern, die Tür aufgeschlossen zu haben. Ach Olga, hätte Erwin gesagt, denk doch mal nach.

Als sie im Bahnhof auf Gleis vier zurennt, ist der Zug kurz vorm Abfahren. Ein Uniformierter wartet neben dem hintersten Waggon, als würde er ihr die Tür aufhalten. Sie findet ein leeres Abteil, zwar Raucher, wie sich herausstellt, aber das macht nichts, es riecht gut hier drin, nach warmer Wolldecke, und wenn sie will, kann sie singen, niemand hörts. Noch ist leichtes Morgenrosa auf den Hausfassaden, verschämt nimmt die Vorstadt den pfeifenden Zug in sich auf.

»Sie wollen nach Mailand?«, fragt der Uniformierte, der ihr vorhin die Tür aufgehalten hat und jetzt ihre Fahrkarte kontrolliert. Einer, der reden will, denkt sie, ich habe nichts dagegen. »Ja«, sagt sie, »Mailand, und dann Triest. Waren Sie schon mal in Triest?« – »Wir fahren nach Köln«, sagt er. »Der Mailänder fährt von Gleis vier.« Er spricht weiter, sagt Gleis drei und Bahnsteig und leider und Umsteigen, aber sie hört nicht mehr hin, weil ihre Angst zu laut wird. Erst war sie nur ein dünnes Flattern vor den Ohren, aber jetzt bewegt sie sich in Wirbeln rund um den Kopf, sie knattert dumpf wie Gefieder eines Vogelschwarms, der abhebt und steigt und steigt. Als der Uniformierte geht, zieht sie die Jacke übers Gesicht.

Olga wimmert.

»Was hat die Frau?«, fragt eine Kinderstimme. »Geh weiter«, antwortet eine Frauenstimme, »das ist Raucher, es stinkt.«

Frühestens in Basel kann sie aussteigen. Herr Frank sitzt bestimmt im richtigen Zug. Er wollte doch unbedingt mit ihr fahren. Er wird sie bereits gesucht haben. Hat sie ihm eigentlich gesagt, wie sie aussieht? Er wird mit seiner netten Stimme nach ihr gerufen haben. *JESUS LIEBT DICH!* Bis der nächste Zug nach Mailand fährt, ist Herr Frank über alle Berge. Lieber, lieber Herr Frank.

WER KANNTE ERNA ZEMP?

»Ich bin gleich fertig!«, ruft sie aus dem Wintergarten. Er weiß nicht, was sie da noch macht. Aber egal. Von ihm aus können sie auch erst in einer Stunde gehen. Oder überhaupt nicht. Ihm liegt nichts an dieser Einladung.

Er nimmt stehend eine Zeitung vom Tisch, bekommt Ruth die zugeschickt? Kaum hat er sie aufgeschlagen, erschrickt er. Dieses Foto! Dieses verlegene Gesicht, der Mund etwas schräg, der Kopf leicht gesenkt, sodass die Augen von unten nach oben schauen.

Melde dich, steht über der Seite.

Er kennt das Gesicht.

Er kennt auch den plumpen Körper. Bluse mit Schleife, Faltenrock, Halbschuhe. Hängende Arme.

»Noch eine Minute!«

Unter dem Bild steht:

Wer kannte meine Mutter, Erna Zemp (hier auf dem Foto im Jahr 1958), damals wohnhaft in Scheizach?

Sie ist es.

Ich suche meinen Vater. Wer kann mir sagen, mit wem meine Mutter Ende 1958 Bekanntschaft hatte? Ich bin für jeden Hinweis dankbar.

Er setzt sich. Plötzlich kann er den Kopf nicht mehr drehen.

Roswitha Müller-Zemp

Siebensteig 8, Basel

»Gehen wir?«

Der Nacken ist wieder locker. Er dreht sich nach Ruth um.

Gehen wir. Die Zeitung schiebt er ins Bücherregal.

Ruth sagt: »Jetzt blüht er, der Venusschuh. Und die Brassia kommt auch.«

»Ach ja?« Er hat keine Ahnung, wie eine Brassia aussieht. Was ihn an Orchideen interessiert, ist einzig die Tatsache, dass Ruth damit beschäftigt ist. Der Wintergarten und das kleine Treibhaus waren das bisschen Investition wert.

»Hast du den Wein?«

»Ja, zwei sechsundneunziger Margaux.«

»Sehr gut.«

Schon will er sich aufregen, dass sie »sehr gut« gesagt hat – was weiß sie schon –, da merkt er, dass ihn der Wein eigentlich auch nicht mehr interessiert als die Orchideen, er hat einen Weinkeller angelegt, weil ein Weinkeller zu dieser Art von Haus gehört, das ist alles.

Ende 1958. Krampfhaft sucht er nach Erinnerungshaken. Was trug Erna Zemp, als sie hinter ihm auf der Vespa saß? Waren es nackte Arme, die sich an ihm festklammerten? Oder trug sie einen Mantel? Handschuhe? Spürte er ihre bloßen Finger an seinen Oberschenkeln? Er sieht das Zimmer vor sich, in dem er nachmittags mit ihr lag. – »Ich mache Mittagspause«, hatte die Kellnerin Erna gesagt – aber er weiß nicht mehr, was für eine Jahreszeit draußen am Fenster, am rostroten Vorhang, vorbeiging.

Fest steht: Die Vespa hatte er 1958. Und: Mit der Vespa klapperte er als Verkäufer die Landgasthöfe ab. Also war er 1958 auch in Scheizach, wo Erna Zemp im Löwen servierte. Oder wars ein Ochsen?

Es ist kaum Verkehr auf der Landstraße, wie von selbst rollen sie in den Sommerabend, mit dem angenehmen tiefen Summton, den ein billiger Wagen nie zu Stande brächte. Er befürchtet, dass Ruth zu reden anfängt, von den Rapsfeldern links und rechts, aber sie schweigt, sodass er das Jahr 1958 vorwärts und rückwärts abfahren kann. Schon immer hat er sich ein Jahr als Ellipse vorgestellt, die Hauptachse waagerecht, und darüber wölbt sich der Sommer. Er kurvt mit der Vespa die Ellipse entlang, 1958, seine Mutter war schon tot damals, schon mehr als ein Jahr, und er war zwanzig, war bei der Gastro AG, und sein Chef hieß Unternährer. Aber wo auf der Ellipse ist Erna Zemp? Wo hat er ihr den lachsfarbenen schlabbrigen Unterrock hochgezogen und zum ersten Mal Strumpfhalter gesehen? Wann im Jahr trugen Frauen Strümpfe? Im Sommer auch?

Roswitha. Wie kann man jemanden Roswitha taufen. Hätten er und Ruth ein Kind gehabt, dann hätte es Hannes geheißen. Oder Hanna, allenfalls.

Die Wiesen sind frisch gemäht, er lässt die Autofenster runter, damit der Duft einströmen kann, nichts tut wohler als der Geruch von Heu. Ruth drückt sofort auf den Schalter, um das Fenster auf ihrer Seite zu schließen, der Durchzug bringt ihr Haar durcheinander, und dass sie das nicht will, sieht er sofort ein, wo sie doch bei Rotachs eingeladen sind, »Entschuldigung«, sagt er. Gleich sind sie da.

Immer wieder während des Essens hat er die Ellipse vor sich und das verlegene Lächeln von Erna Zemp, es gibt gegrillte Scampi und dazu eine Zitronenschaumsauce, am liebsten würde er nur diese essen, wie ein Kind, die ganze Saucenschüssel leer essen und sonst nichts. Danach gibt es Roastbeef, es ist blutig, und er möchte lieber gar nichts davon haben, aber er sagt: »Wie haben Sie das nur so perfekt hingekriegt?« Frau Rotach trägt Strümpfe, Strumpfhosen wahrscheinlich, unter einem maisgelben Kleid.

Erna Zemps Zimmer war unter dem Dach. Ob er hinter ihr die Treppe hochgestiegen ist oder ob er sich etwas später hinaufschlich, das weiß er nicht mehr. Das Zimmer roch neu, wahrscheinlich nach Holz, und hatte ein Waschbecken.

Crème Caramel – nein, bringt er nicht mehr runter, »ich bin gar kein Süßer, Frau Rotach, leider.« Ruth schaut ihn fragend an, ist was?

Und hatte ein Waschbecken.

Er hat dort die Hand unters laufende Wasser gehalten, sie tat weh. Weil er gestürzt war. Mit der Vespa war er gestürzt, in einer Kurve kurz vor dem Dorf, auf dem Glatteis.

»Warum ›kein Süßer‹?«, fragt Ruth auf dem Heimweg. »Bist du krank?« Ja, er ist krank, krank vor Aufregung, seit er wieder weiß, dass die Straße damals vereist war. Seit er weiß, dass Erna Zemp unten in der Ellipse sitzt, da wo Winter ist und *Ende. Ende 1958.*

»Es war nett«, sagt Ruth. »Sie haben sich große Mühe gegeben. Gut, dass du zwei Flaschen mitgebracht hast.«

Gleich morgen fährt er nach Scheizach.

Es sind bestimmt zwei Stunden Fahrt, er hat extra sein Handy liegen lassen, auf der Truhe in der Eingangshalle, so, dass Ruth es sieht und weiß, dass sie ihn nicht anrufen kann im Golfclub, wo er sonst montags immer ist. Typisches Föhnwetter heute, die Berge wie eine Theaterkulisse, so nah, er rast über eine grell beleuchtete Bühne in den Horizont, links und rechts splittert moosgrüne Landschaft ab. Und wie heißt das Theaterstück?

Roswitha sucht ihren Vater.

Er hat Kopfschmerzen, vorne in der Stirne, vielleicht ist das der Föhn, vielleicht der Gewürztraminer von Rotachs, jetzt hat er diesen Körper schon seit dreiundsechzig Jahren, und er kennt ihn immer noch nicht besser als irgendeinen guten Bekannten: *Wie gehts uns heute, Herr Körper? – Na ja, leichter Brummschädel. – Och. Und sonst? – Die Schulter halt. – Jünger werden wir nicht. – Wem sagen Sie das.* Herr Körper, findet er, sieht eigentlich sehr gut aus, angenehme Sonnenbräune, flacher Bauch, kurzes graublondes Haar und perfekt überkronte Zähne.

Wenn er sich das Zeitungsbild von Erna Zemp vorstellt, kommt sie ihm vor wie seine Mutter. Wäre das Bild farbig, dann wären die Beine in den Nylonstrümpfen fleischfarben.

Die Arbeit als Verkäufer fiel ihm leicht. Was zum Angebot der Gastro AG gehörte –, Kaffee- und Milchkännchen, Tischrechauds, Patisserieplatten mit Klarsichthauben und alles andere –, war in einem Ordner abgebildet, die Wirtsleute blätterten ihn durch, während er kommentierte, und er hatte schnell gemerkt, dass er gut verkaufte, wenn er wenig sagte. Die Tischgarnitur aus Schmiedeeisen für Pfeffer, Salz, Maggi und Zahnstocher lief am besten, wenn er sagte: »Nur für gute Häuser.« Später hat er selber gute Häuser besessen, und auch diese hat er gut verkauft. Mit Leichtigkeit ist er immer alles losgeworden. Alles, außer Ruth.

Ob er damals in Scheizach überhaupt Tischgarnituren verkaufen konnte, weiß er nicht mehr. Auch nicht, wie der Wirt aussah. Erinnerungen an die Zeiten vor Ruth hat er bald nach der Hochzeit weggeworfen.

Dass ihm in Scheizach nichts bekannt vorkommt, wundert ihn nicht. Erst als er merkt, dass er bereits wieder aus dem Dorf hinausgefahren ist, wird er stutzig. Er kehrt um, findet aber wiederum keinen Gasthof, keinen Löwen, keinen Ochsen, nur ein *Café Jeannette*. Hier kann er fragen.

Die junge Frau, die bedient, ist fast noch ein Mädchen, es fällt ihm schwer, sie zu siezen. Auf der Theke steht eine Pagode von Früchten, wäre er in Bali, würde sich das Mädchen den Fruchtturm auf den Kopf stellen und ans Tempelfest eilen. Aber die Früchte sind aus Plastik. Irgendeine Gastro AG wird sie als Gaststättendekor im Angebot haben. Als er fragt, ob es hier im Dorf nicht einen alten Gasthof gebe, zuckt das Mädchen mit den Schultern, und der zweite Gast blickt von der Zeitung hoch und schüttelt im Zigarettenqualm den Kopf.

Vielleicht steht das Mädchen mit dem kurzen Kleidchen und den hochsohligen Sandaletten, das jetzt gelangweilt auf die leere Straße schaut, in vierzig Jahren auch mal in der Zeitung unter *Melde dich.* Aber Erna wird sie kaum heißen.

Soll er nun das Gemeindehaus suchen und sich nach dem Löwen von damals erkundigen, und mit welcher Begründung?

Das waren keine guten Ferien drüben in Bali. Das Hotel war zwar erstklassig, ein eigener Lotosblütenteich vor dem Zimmer und ein mehrgängiges Abendessen auf einer stillen, sanft beleuchteten Terrasse, aber Ruth mochte das viele Grün nicht, auch nicht die vielen Schreine und Götter und nicht das viele Lächeln des Personals, und als sie vor dem Tempel in Besakih las, menstruierenden Frauen sei der Zutritt verboten, und er sie kurz ansah, verstummte sie für den Rest des Tages. Immer hatte sie die angestrengte Mir-geht-es-gut-Miene auf. Erst auf dem Flug zurück sah er, was sie in ihrem Bali-Buch unter beliefs angekreuzt hatte: *Eine Frau, die kinderlos geblieben ist, muss im nächsten Dasein eine große Raupe füttern.*

»Es gab mal einen Löwen«, sagt der zweite Gast plötzlich. Dann hustet er lange aus einem verschleimten Schlund. Das Mädchen sieht hin und gleich wieder weg. »Der ist abgebrannt.« Wieder dieser Husten. »Da stand er aber schon leer. Nachher haben sie da die beiden Wohnblöcke gebaut. Die sind inzwischen auch schon bald kaputt. Jetzt wohnen noch Türken drin.« Erneuter Husten. »Bis zum nächsten Feuer.«

»Kannten Sie eine Erna Zemp?«

»Eine Erna wie?«

»Zemp.«

»Von einer Zemp weiß ich nichts.«

Als er zurückfährt, sieht er sofort, welche Wohnblöcke der Huster gemeint hat, zwei hellgrüne, kariöse Zähne ohne Balkons, direkt an der Straße. Er hält kurz an, weil das der schicksalshafte Boden ist, wo er eine Tochter gezeugt hat, zwischen kalten Laken, mit einer schmerzenden Hand.

Von einer Zemp weiß ich nichts, hat der Huster gesagt. Und ich, denkt er, was weiß ich von einer Zemp? Krampfhaft versucht er sich an Einzelheiten zu erinnern, die das Bild in der Zeitung ergänzen könnten, nur wenig kommt zum Vorschein, ihre gerötete Hand auf ihrem bleichen Bauch, eine Nachttischleuchte, die runterfällt, die Servierschürze, die er ihr aus Spaß um den Kopf bindet. Er weiß nicht, ob sie gelacht hat und wie ihr Mund aussah, wenn er offen war. Die Stimme war weder tief noch hoch, »ich mache Mittagspause«, hat sie gesagt, was sonst?

Es war für ihn das zweite Mal. Er wusste, wies ging. Peinlich war es nicht. Wahrscheinlich war sie jünger als er. Er weiß nicht, wie es für sie war. Sie hat nicht geschrien oder so.

Er hat sie als still in Erinnerung. Aber vielleicht ist das, was laut war, verblasst wie ein Bild.

Die Föhnstimmung ist weg. Neue Kulisse hinter grauer Gaze, Scheinwerfer aus, bis auf einen. Hoffentlich kommt der Regen noch nicht. Ruth würde sich wundern, bliebe er bei Regen im Golfclub. Und lügen fällt ihm schwerer als früher.

Erna Zemp, komm endlich heraus aus dem Erinnerungsbrei.

Als die Gastro AG Konkurs anmeldete, ging er nach London, das muss Anfang 1959 gewesen sein. Er könnte das nachprüfen, denn er weiß noch, dass man damals von Castro sprach, der gerade in Kuba gesiegt hatte, und dass er bei *Castro* immer zuerst an *Gastro* dachte.

Plötzlich ist Erna da. Sie sitzen einander gegenüber in der Gaststube, er ist mit den Füßen an ihre Füße geraten. Und sie zieht sie nicht weg! Sie lächelt ihn an.

Er fährt auf den Pannenstreifen und hält an, um die Augen zu schließen, um zu wissen, wies weiterging.

Sie zieht die Füße lange nicht weg. Dann tut sich etwas unter dem Tisch, sie streift die Schuhe ab. Stellt die bestrumpften Füße auf seine Schuhe, fährt ganz wenig, zwei, drei Zentimeter, seine Beine hoch. Lächelt immer noch. Zeigt milchweißen Zahnglanz, den einen Schneidezahn ganz leicht über dem andern. Hier, das wars: Bei diesem Bild hätte er sie gerne in die Arme genommen.

Schaut ihnen jemand zu?

Weiß er schon, wie sie heißt?

Sagt sie jetzt dann gleich »Ich mache Mittagspause«?

Das Bild am Tisch bleibt, es kommt kein neues mehr. Aber nun weiß er wieder, dass sie ihm gefallen hat. Erleichtert fährt er weiter.

Roswitha. Langsam gewöhnt er sich an den Namen.

Der Himmel klart wieder auf.

Auf der Truhe liegt ein Zettel von Ruth. Bin beim Arzt. Gegen sechs zurück. Das hat er vergessen, dass sie heute den Termin hat, vor dem sie sich fürchtet. Er nimmt den Zettel mit zum Tisch und schreibt auf der Rückseite die Sätze auf, die er sich auf der Heimfahrt ausgedacht hat.

Ich habe Frau Zemp auf dem Bild im Inserat wieder erkannt.

Ich kann Ihnen eine Angabe machen zu der Bekanntschaft, die Sie erwähnen.

So einfach am Telefon scheint mir das nicht richtig.
Ich muss ohnehin geschäftlich nach Basel in den nächsten Tagen.
Ja, so wird es gehen. Einen Grappa braucht er noch.

Er erschrickt, weil sie so rasch abnimmt.

»Roswitha Müller.«

Eine Stimme wie ein Kind.

Sein Kind.

»Frau Müller?«

»Ja, Müller.«

Nein, er wird nicht aufhängen, dieser Stimme will er seine Sätze gerne sagen, dieser kichrigen, hellen Stimme.

Noch während sie spricht, hört er Ruths Wagen vorfahren.

Bahnhof wäre ein guter Treffpunkt, sie arbeitet im Bahnhof, ja, morgen ist okay, elf Uhr, am besten beim Meeting Point. Sie trägt einen türkisblauen Schal.

»Und, was sagt der Arzt?«

»Es ist eine Ärztin.« Auch das hat er vergessen. »Sie sagt, sie will erst mal die Ergebnisse des Labors abwarten.«

»Magst du auch einen Grappa?«

»Grappa mag ich nicht.« Sie hat nicht gesagt: Das solltest du doch wissen.

Nach dem Abendessen gibt er vor, sich den Match ansehen zu wollen, das heißt, dass er mit Sicherheit allein vor dem Fernseher sitzen wird, Ruth verzieht sich in die Küche, um aus den Aprikosen von Rotachs ein Chutney zu machen. Der Match interessiert ihn nicht, er stellt den Ton leise, dass seine Augen geschlossen bleiben und er an morgen denken kann.

Er braucht noch einen Fluchtplan. Denn was ist, wenn ihn beim Anblick von Roswitha das große Entsetzen überfällt?

»Wie findest du Türkisblau?«, ruft er in die Küche.

Ruth kommt, sich die weiße Schürze enger bindend, zum Fernseher. »Was hast du gesagt?«

»Wie du Türkisblau findest.«

»Warum, welche Mannschaft trägt denn das?«

»Keine Mannschaft. Es ist mir einfach eingefallen.«

»Kommt drauf an«, sagt sie, bereits wieder Richtung Küche. »Es kann billig wirken.«

Er mag sie weniger nach diesem Satz.

Der Fluchtplan besteht darin, dass er einen Liebhaber erfindet.

Also, das war so: Ende 1958 war er in Scheizach, im Löwen, als Vertreter der Gastro AG. Und da ist er mit diesem Koch ins Gespräch gekommen, warum, weiß er nicht mehr, vielleicht war der Wirt nicht da und darum kein Geschäft zu machen, dieser Koch also, Cavallo hieß er, das weiß er noch, weil sie lachten, er hatte tatsächlich ein Pferdegebiss, Luigi Cavallo, wenn er sich recht erinnert. Er sagte, er habe sich in die Kellnerin verliebt und er würde sie sofort heiraten, wäre da nicht in Bergamo *la moglie*. Oder wars Brescia? »Molto innamorato«, hat er gesagt. Ja, das hat er nicht vergessen. Die Kellnerin war Erna Zemp, er hat sie wie gesagt auf dem Bild gleich wiedererkannt. Leider ist im Löwen keine nähere Auskunft zu holen, er hat es bereits versucht, der Löwen ist vor Jahren abgebrannt.

Sie wird sich *Luigi Cavallo* sowie *Bergamo* und *Brescia* notieren, vielleicht sind ihre Hände so auffällig gerötet wie die ihrer Mutter. Sie wird enttäuscht sein, wird sich trotzdem bedanken.

Und er wird sich fühlen wie damals, als er und sein Bruder den Sack mit den jungen Katzen von der Brücke ins Wasser geworfen und zugeschaut haben, wie er erst hängen blieb und dann im Dunkelgrün unterging.

Vielleicht wäre es besser, als Fluchtplan einen Gast auf Durchreise zu erfinden, einen Belgier, vielleicht Großviehhändler, der ein, zwei Nächte blieb, aber hatte der Löwen überhaupt Gästezimmer?

»Seit wann siehst du dir Opern an?« Ruth steht vor dem Fernseher. »Bist du eingeschlafen?«

Nein, ist er nicht. Er ist hellwach und trifft sich ununterbrochen mit Roswitha Türkisblau, seinem Kind, seinem Geschenk, seinem Glück.

Er hat sich vorgestellt, er müsste ihrer Stimme eine Farbe geben. Es wäre so etwa die Farbe von Weizen. Wie nennt man das?

Plötzlich spürt er eine Angst, und er hat keine Ahnung, warum ihm gerade jetzt der Hahnenkampf in Bali in den Sinn kommt, und wie ihm dort, als der Kampf im klitschnassen Dreck zu Ende war, mit Bestürzung einfiel, dass der Verlierer vor dem Tod gekräht hatte.

HOLD ME

Der Schrank ist kein sicheres Versteck mehr. Ihre Mutter hat die Tablare frisch mit blauem Papier bezogen. Lea holt die Kartonmappe aus der Plastiktüte, die an einem Kleiderbügel unter der Skijacke hängt. Sie setzt sich mit der Mappe vor den Spiegel. Sie braucht sie nicht aufzumachen. Wenn sie die Mappe an sich drückt, spürt sie, was drin ist, *sein* Bild, *seine* Schrift. Und die blaue Feder.

Wenn sie sich etwas zurücklehnt, fällt Sonne auf ihr Haar, dann sind die Spitzen der Locken rötlich, das sieht schön aus. Wahrscheinlich ist das auch in der Schule so, gut, dass sie da am Fenster sitzt. Auch ihre Haut ist schön, rahmig hell und kein Fleckchen, nie braucht sie dran rumzudrücken wie die anderen Mädchen in der Klasse. Ihr Gesicht hätte sie gerne weniger rund, aber sie kann die Wangen etwas einziehen, das macht es interessanter.

Sie setzt sich aufrecht hin, daran muss sie sich endlich gewöhnen, man sieht so ihren Busen besser. Besonders fest und apfelig sieht er im neuen Nylon-Shirt aus. Mutter müsste ihr noch zwei davon kaufen.

Sie stellt sich vor, wie er hinter ihr steht und an ihren Busen greift, die Äpfelchen in seine großen, gebräunten Hände nimmt.

Wohin mit der Mappe?

Sie schiebt sie unter die Matratze, nimmt sie wieder hervor, schiebt sie hinter den Heizkörper, nimmt es wieder hervor, schiebt sie hinter den Schrank – das geht. Sie braucht nur noch etwas vor die Lücke zu stellen.

Heute hat er sie angelächelt. Anja hat sich in ihrem Vortrag zum zweiten Mal an *Trilobit* verhaspelt, erst Tribolit, dann Tirlobit gesagt. Aber nicht deswegen hat er gelächelt, das weiß sie genau, denn beim Lächeln hat sich sein Blick in ihrem festgehakt, so fest, dass es wehtat, als er sich abwandte. Am liebsten hätte sie die Augen geschlossen, um seinen Blick darin zu bewahren, um nichts Unwichtiges mehr zu sehen, bis die Stunde zu Ende ist.

Wieder spürt sie zwischen den Beinen diese freundliche Verlorenheit, als wüsste der Körper nicht mehr genau, wie was zu bewegen ist, eine leichte Zittrigkeit, eine leichte Süße.

Nun hat sie etwas Neues von ihm, sein Lächeln.

Mit einem Ruck setzt sie sich aufrecht hin.

Der Ausflug ist kein Ausflug, sondern eine Exkursion, ist Teil des Unterrichts, nämlich Geologie; aber davon ist erstmal keine Rede, sondern von Proviant und Klamottenlabels und von der Musik in den Walkmen. Was der Lehrer anhat, ist okay, nur die Schuhe, die sind eigenartig, ein Erbstück, sagt jemand.

Wenn sie, Schülerin Lea, lacht, wenn die anderen lachen, schlüpft sie danach umgehend zurück in die Feierlichkeit, die sie seit der Abfahrt in sich spürt: Er hat ihr bei der Besammlung auf dem Bahnsteig die Hand auf die Schulter gelegt. Es ist die rechte Schulter, und wenn sie ihre linke Hand drauflegt, ist es, als ob die Schulter unter dem dünnen Shirt heiß würde.

Sie sieht die großen, schmalfingrigen Hände genau vor sich, die schwarzen Härchen, den blau gequetschten Nagel. Glück jeweils, wenn diese Hände ihr Heft festhalten, es wieder auf ihr Pult legen.

In der Talstation der Bahn drängt man zu den Sesseln, es sind Zweiersessel, wer abhebt, ruft *Amen*, kein Mensch weiß, warum. Sie spielt das Drängen mit, passt aber auf, dass sie bei den Letzten bleibt. Sie will mit ihm auf den Sessel, und sie weiß, dass er das genauso will, manchmal steht er direkt neben ihr, dann werden sie wieder auseinander gewürfelt.

Sie möchte sich festklammern am Geländer, als sie zu Anja auf den Sessel geschoben wird, sie möchte sich umdrehen nach ihm, *halt mich fest!*

Zu schnell geht das alles. »Amen«, ruft Anja.

Abgehoben. Auf einem Dach zwei rote Katzen, gelb getupfte Wiesen, dann Tannenwipfelwogen. Wie unerträglich langsam das geht. Jetzt ist auch noch die Sonne weg, von der einzigen Wolke zugedeckt, und Anja kaut und kaut etwas.

Beim ersten Mast schaut sie rückwärts. Der Sessel nach ihnen ist leer. Erst dann kommt er. Mit Jasmin.

Wenn sie nur weinen dürfte. Sie möchte Anja den Kaugummi, den sie ihr entgegenstreckt, aus der Hand schlagen. Soll sie ihn selber kauen, blöde Kuh, aber eigentlich kann sie ja nichts dafür. Jasmin ist die blöde Kuh, sie wird diesen bedeutungsvollen Blick aufsetzen, wenn sie vom Sessel steigt. Aber sie, Lea, wird nicht hinschauen, nein, diese Freude wird sie ihr nicht machen.

Die Sonne ist wieder an, sie hofft, dass ihr Haar das rötliche Schimmern hat, er sieht sie während der ganzen Fahrt vor sich, sie spürt, wie er ihr folgt, wie er sie festhält, wenn der Sessel im Mast diesen Ruck tut, wie er sie nie mehr loslassen möchte, sie vibriert, sie surrt, das Tragseil der Bahn geht längs durch ihren Körper.

Ausgerechnet Jasmin. Die mit dem extrasüßen Mund. Die mit den Zähnen, die schimmern wie irgendetwas Kostbares unter rosa Samt.

Es braucht nicht viel auf dem Sessel, dass sich Schulter und Schulter berühren, oder Schulter und Oberarm, je nach Größe, sie kann es an Anja ausprobieren. Und an der Querstange lässt sich eine Hand an die andere legen, oder eine Hand über die andere, seine große über ihre kleine.

Dieser Schmerz.

Sie wird ihm den Schmerz zeigen, heute auf der Wanderung, es war nicht meine Schuld, dass wir getrennt worden sind, glaub mir. Sie wird still sein, sie wird blass sein.

Nach einem kurzen Aufstieg zu den Kalkfelsen – es ist heiß jetzt, sie schwitzt in ihrem Nylon-Shirt – fängt der Unterricht an, er verteilt Blätter, und sie haben auf der geologischen Zeittabelle anzukreuzen, was sie heute sehen werden, vor allem Kalk, auch Quarzporphyr, der älter ist, bei einem Vulkanausbruch entstanden. Jasmin hat einen roten Kopf.

Er steht vor einer hellen, steilen Wand und zeigt auf Rinnen, die das Wasser hineingeschliffen hat. Wenn er den Arm hebt, strafft sich das Hemd, sie stellt sich seine Achselhöhle vor, entblößt, verletzlich. Sie sitzt etwas abseits, wundert sich, wie weich alles wird vor diesem kantigen Kalk, seine Stimme, der Tanz seiner Arme – *die ganze Landschaft kam in Bewegung, die Kalke wurden in Falten gelegt* –, auch ihre Knie werden weich und Gaumen und Zunge. Wieder spürt sie diese angenehme Verlorenheit.

Im Weitergehen bleibt sie bei den Letzten, sie wartet darauf, dass er sich nach ihr umsieht, das tut er nicht, er dreht sich erst um, als Anja aufheult, weil Kurt und Martin sie von beiden Seiten wie Ziegenböcke rammen, »was soll das«, fragt er, und Martin sagt, »wir haben nur gezeigt, wie Afrika und Eurasien die Dingsbums quetschten und die Alpen in die Höhe drückten«.

»Die Dingsbums heißt Tethys«, sagt er.

Er hat sie nicht angesehen.

Die weißen Calcit-Adern im Kalk sehen aus wie Schlieren von Schlagsahne, die noch nicht vollständig untergerührt ist. Sie stellt sich vor, wie sie ihm das sagen würde, wäre er jetzt neben ihr und nicht wieder weit voraus, und sie stellt sich sein anerkennendes Lächeln vor, um das er froh wäre, weil er dabei endlich seinen Blick wieder in ihren versenken könnte.

Vor einem frei stehenden Kalkblock wird erneut angehalten, ein Ammonit ist zu sehen, dreißig Zentimeter im Durchmesser und *vielleicht hundert Millionen Jahre alt*. Sie sieht, wie die Hand mit den schwarzen Härchen streichelnd darum herumfährt, und fühlt, wie ihr kurz etwas Dunkles übers Gesicht huscht, etwas Schwindliges.

Sie presst die Arme an den Körper, damit man die Schweißflecken nicht sieht. Sie hätte doch auf Mutter hören sollen, *nimm das Baumwollene*.

Später, als alle ihren Proviant auspacken und er sich zu den Jungen setzt, ihr den Rücken zukehrt, fängt sie trotz der Hitze an zu frieren und zieht ihre Jacke an.

Warum hat er sich abgewendet?

Als ob sie ihm gleichgültig wäre.

Warum tut er ihr weh?

Als wollte er sie strafen.

Wie kann sie das bis zum Abend aushalten?

Die Felsen aus Quarzporphyr sind vom Gletscher rundgeschmirgelt. Wie fette bleiche Bäuche, die aus dem Boden schwappen – soll sie das sagen? Aber Kurt ruft schon: »Wie See-Elefanten!«

Wieder hat sie kein Lächeln eingeholt.

Wieder hat er sie nicht angesehen. Vielleicht ist sie gar nicht da. Ist irgendwo auf dem Weg in eine andere Zeit gestürzt.

Erst auf dem Rückweg, beim Anstehen vor der Sesselbahn, als rundum Gelächter ist und sie still bleibt, nicht absichtlich, wie sie es sich vorgenommen hat, sondern weil sie nicht anders kann, weil sie versteinert ist vor Enttäuschung, erst da neigt sich sein Gesicht in ihre Richtung. »Lea? Ist was?«

Sie hat gerade noch Zeit, den Kopf zu schütteln, bevor eine warme Flut von rotem Gold sie überschwemmt. Glück.

Niemand sagt *Lea* wie er.

Zu Hause, im Bett, setzt sie sich auf den letzten Sessel, *Lea,* sagt er. *Endlich.* Sofort nimmt er ihre Hand, *du bist kalt,* sagt er und streichelt sie, im Handteller, zwischen den Fingern, er presst sie zwischen seine Oberschenkel, *besser so?* fragt er, ja, flüstert sie und zieht ihre Daunendecke zwischen die Beine und blickt zu ihm hoch, sein Gesicht ist so nah, dass sie die Wärme aus seinem Mund spürt. *Lea,* sagt er, *küss mich,* aber die andern, flüstert sie, Jasmin, zwei Sessel weiter vorne, wenn sie uns sieht, *bitte,* sagt er, *ich muss dich spüren, jetzt, Lea, jetzt,* ihre Lippen berühren sich ganz kurz, sie zieht das Kissen über den Kopf, und dann liegen ihre Lippen aufeinander und bewegen sich nicht, sie zittern nur, bis der Sessel über den Mast rollt und ein Ruck die Zungen ineinander wirft und einen Kuss auslöst, der nicht endet, so warm, so weich, so nass, *Lea,* sagt er, sag jetzt nichts, sagt sie und dreht sich auf den Bauch und fährt herzklopfend mit ihm hoch.

»Erst einen Tag lang durch die Hitze latschen und jetzt noch darüber schreiben«, schimpft Martin, »über ein paar öde Steinhaufen. Ich werde morgen leider krank. Das kann mich mal, das Fossil.«

Wenn du wüsstest, denkt sie, wie innig mich das Fossil geküsst hat.

Sie hat beschlossen, ihre Schrift steil aufzurichten, das wirkt dekorativer, aus den i-Punkten macht sie kleine Ringe, jede Zeile wird eine Bordüre von Blattrand zu Blattrand. Und sie nimmt grüne Tinte, damit er gleich weiß: Es ist von ihr.

Sie schreibt gerne, das heißt, sie schaut gerne zu, wie sich ihre Schrift übers Papier legt. Sie schreibt gerne Ziffern, besonders die gerundetsten, die Dreien, Sechsen, Achten, Neunen. Aufsätze mag sie nicht, hat nie gute Noten, was ihre Mutter enttäuscht, das merkt sie, aber was solls. In Deutsch ist sie nun mal nicht gut, vor Gedichten hat sie Angst. Hauptsache, sie ist okay in *seinen* Fächern. Sie wird nie die Beste sein, aber sie ist im oberen Drittel, was bequem ist, aber keine Rolle spielt, für sie nicht, für ihn nicht. Ein Blitzschlag fragt nicht an.

Am liebsten hört sie ihm zu in Biologie, mit seiner warmen Stimme weckt er Wörter auf, die bislang in Druckseiten geruht haben und nun plötzlich zappeln, anschwellen und platzen wie eine Schote und etwas verspritzen. *Plasma, Wimperlarve, Unkenlaich.* Sie glaubt fast, er spreche manche Wörter nur für sie aus, zupfe sie an wie Saiten, damit sie für sie ausklingen. *Kettenmolekül.* Ich muss aufpassen, denkt sie, dass ich mir nicht plötzlich etwas einbilde.

Einmal ist sie so fiebrig nach ihm, dass die Wandtafel zu zittern anfängt wie hinter heißer Luft und die Tische nicht mehr richtig auf dem Boden stehen und er aus einem diffusen Licht heraus mit offenen Armen auf sie zukommt.

Es stört sie nicht, dass man ihn neuerdings Fossíli nennt. »Fossíli ist eitel«, sagt Anja. »Nein, Fossíli ist schüchtern«, sagt Jasmin. Sie reden und reden.

Es sind drei Strophen und ein Refrain, die sie für morgen an die Tafel zu schreiben hat, nichts macht sie lieber, sie nimmt sich Zeit. Ein Lied für die Sommerferien, hat die Müllerin gesagt, pass auf die vielen Apostrophe auf.

Sie hat mit Schreiben gewartet, bis niemand mehr im Klassenzimmer war, hat noch und noch die Tafel geputzt. Jetzt ist sie allein, es ist still, einmal rennt jemand durch den Korridor, Sandaletten wie Schlagzeug. Sie steht da, wo er sonst steht. Schaut dahin, wo sie sonst sitzt. Dann fängt sie an zu schreiben. *All my bags are packed, I'm ready to go.*

Immer wieder dreht sie sich ab von der Tafel und schaut auf ihren Platz. Bald werden sie für fünf Wochen getrennt sein. Zu viel Druck auf die Apostrophe bricht ihr die Kreide. *'Cause I'm leavin' on a jet plane, don't know when I'll be back again.* Sie weiß noch nicht, wie diese Sätze zu singen sind, vorerst sind sie nur weiße Zeichen auf grünem Grund, vielleicht ließe sich ausrechnen, wie viele Melodien zu diesen Silben möglich wären, eine astronomische Zahl, er wüsste das.

Als die Tür aufgeht, denkt sie nicht, dass er es ist.

Sie dreht den Kopf. Er ist es.

Wieder ist die Kreide gebrochen.

»Lea?« Er geht an ihr vorbei zum Pult. »Lass dich nicht stören.«

Als sie sich nach der Kreide bückt und wieder aufrichtet, hört sie ein Tosen vor den Fenstern, hinter den Wänden, es tost rund ums Zimmer, sie ist mit ihm in einer Kapsel, bis sie mit Schreiben wieder ansetzt.

The Taxi's waitin', he's blowin' his horn.

Er hat sich ans Pult gesetzt, einen Stoß Blätter vor sich, sie sieht ihn über ihre linke Schulter, sie sieht seinen Nacken, den Ansatz seiner Haare, dunkle Haare, ganz leicht geringelt. Sie merkt, wie sie sich verändert, ihr Körper wird so weich wie ihre Plastik-Regenjacke, wenn sie sie über die Heizung legt.

Mein Biologielehrer verändert meinen Aggregatzustand, denkt sie mit traurigem Spott, ich darf ihn nicht mehr ansehen, sonst schmilzt meine Hand, bevor ich das Lied fertig abgeschrieben habe. *So kiss me and smile for me, tell me, that you'll wait for me …*

Wieder dreht sie den Kopf – und erschrickt: Nun schaut auch er. »Ein Lied?«, fragt er.

Wieder dieses Tosen.

Noch sechs Zeilen.

Wenn sie nur langsamer schreiben könnte.

»Ich geh dann«, sagt sie.

»Fertig?«, sagt er, schiebt den Stuhl zurück. »Lass mal sehen.«

Zwischen Pult und Tafel ist der Abgrund ihrer Sehnsucht und sind es höchstens vier Schritte. Er bleibt neben ihr stehen, sie blicken auf das Lied, »schön«, sagt er, »kannst dus singen?« Der Stoff seines Khakihemds berührt ihren nackten Oberarm. *Hold me,* sie schüttelt den Kopf, *like you'll never let me go.*

Als er sich abdreht, spürt sie nochmals den Hemdstoff als kurze Liebkosung.

Vier Schritte oder ein Abgrund. Sie hört, wie er den Stuhl zum Pult zieht, was für ein verzweifelt energisches Geräusch.

»Bis dann, Lea.«

Er hat gesagt: *Bis dann, Lea!*

Bis dann. Bis dann.

Die erste Ferienhälfte vergeht einigermaßen schnell. Die Wohnung soll frisch gestrichen werden, darum sind Bücher und Geschirr einzupacken, Bilder wegzuräumen, Möbel zu stapeln. Mitten im Durcheinander feiert man ihren fünfzehnten Geburtstag. Mutter ist guter Laune, sie singt die ganze Zeit. Die zwei Wochen danach, in den Bergen, sind auch auszuhalten. Sie spielt stundenlang Tischtennis mit den

Jungen vom Nachbarhaus, manchmal schlagen sie einander die unreifen kleinen Birnen zu, manchmal wirft Felipe den Schläger weg und ruft: »Komm, ich muss dich lausen«, dann liest er ihr Holunderblüten aus den Haaren. Und dem Appenzellerhund bringen sie Pfotengeben und Männchenmachen bei. Von den Büchern, die ihre Mutter für sie eingepackt hat, liest sie nur die ersten paar Seiten, »es böllt so«, sagt sie und freut sich, dass sie ein Wort erfunden hat. Lieber liest sie in den alten Zeitschriften, die Felipe im Keller gefunden hat.

Kaum zu Hause, fängt sie an zu warten. Noch zwei Wochen. Es ist ungewöhnlich heiß, man kann sich von der Luft umarmen lassen; sie trägt nur einen Slip und das dünne rosa Hemdchen, sie wäre weit geöffnet für ihn, käme er jetzt auf sie zu, unter dem Platanendach, auf dem Weg ins Schwimmbad, sie lässt die Sandalen schlurfen und schabt so ein bisschen Zeit weg.

Wenn sie auf ihrem Badetuch liegt und die Augen schließt und einen Vorhang zieht aus Schwimmbadgeräuschen, dann ist sie sofort mit ihm im Schulzimmer, steht mit ihm vor der Tafel, spürt sein Hemd an ihrem Arm, dann seine Hände auf ihren Schultern, sein Gesicht so nahe an ihrem, und dann küsst er sie, noch heftiger, noch inniger als damals auf dem Sessel, reißt sich los, weil wieder die Sandaletten im Korridor zu hören sind, und senkt sich erneut in sie hinein. *'Cause I'm leavin' on a jet plane.* Lass mich nicht los.

Oft ist Maja da, auch Julie und Pierre und das ganze Rudel vom Gymnastikkurs, und dann wird so schnell geredet, als müsste man die Luft nutzen, bevor sie von der Hitze aufgeleckt wird. Majas Vater hat eine Freundin, »die sagt nach jedem Satz ›klar doch‹, wenn die bei uns einzieht, hau ich ab«, Julie weiß Arztgeschichten, weil man ihren Fuß operiert hat, und Pierre erzählt vom Musiklehrer seiner Schwester, »die Mädchen mussten sich ihm auf den Schoß setzen, und er hat sie überall angefasst, ihr wisst schon, jetzt läuft eine Untersuchung, der kommt in die Kiste«. Seine Schwester habe lange geglaubt, das sei nur ein Gerücht. Julie sagt, im Krankenhaus müsse der Arzt immer eine Krankenschwester dabeihaben, eben wegen solcher Sachen.

Als Pierre sagt, er gehe ins Wasser, ruft jemand: »Nimm eine Krankenschwester mit.« Alle lachen, und dann ist es für eine ganze Weile still.

Sie versucht sich vorzustellen, wie es wäre, wenn Vater eine Freundin hätte, und Mutter würde wegziehen wollen, *und Lea kommt mit*, würde sie sagen, was dann. Wie sollte sie Mutter beibringen, dass sie nicht von hier weg kann, nicht weg von dieser Schule, nie, nie, nie.

Am Sonntag vor Schulanfang bricht ein gewaltiges Gewitter los. Der Himmel ist von einem Moment auf den anderen so dunkel wie ein toter Bildschirm, und das Blitzlicht ist so hell, dass sie es durch die geschlossenen Lider sieht. Der Donner folgt wie ein Schuss, knallt fett, ganz nah. Sie ist mit dem Nagellack ausgerutscht, hat über die Haut gemalt. Ihr fällt ein, dass sie allein zu Hause ist, dass sie die Fenster schließen sollte. Die Bäume hören sich an, als fahre ein Schnellzug durch sie hindurch. Vom Küchenfenster aus sieht sie, wie die große Blutbuche langsam stürzt, fast lautlos, und die ganze Welt nach links mitzuziehen scheint.

Dann kommt der Regen, in schroffen, schrägen Schüben.

Sie sitzt auf ihrem Bett, bewegt die kalten Füße, drei Zehen sind noch nicht lackiert, und horcht. Der Donner rollt vor und zurück, die Feuerwehr heult auf, am lautesten ist der Regen. Sie steht auf, holt die Kartonmappe hinter dem

Schrank hervor, setzt sich wieder hin, die Mappe auf der Brust, Arme drum herum. Doch es will ihr nicht gelingen, zu ihm auf den Sessel zu steigen, auch nicht, zu ihm ins Schulhaus und in seine Umarmung zu rutschen, sie kommt nicht los von diesem Bett, von diesem Zimmer, dieser Arche, die schwankt, wenn sich der Regen an die Scheiben wirft.

Morgen, denkt sie.

Morgen wird sie ihn sehen.

Sie hat zum Glück denselben Sitzplatz, dieselben Fluglinien für ihre Blicke, aber dass er nicht zu ihr hinschaut, schüchtert sie ein. Sein Haar ist etwas kürzer als eben noch an ihren letzten geheimen Treffen auf dem Badetuch, es gefällt ihr, auch dass er einen Gürtel trägt, tief auf den Hüften, das sieht schön aus, wenn er sich vor der Tafel bewegt.

Sie nimmt an, dass er sie nur im Verstohlenen ansieht, dann, wenn sie sich übers Heft beugt, und sie nimmt an, dass ihm die leichte Bräune in ihrem Gesicht gefällt. *Haselnüsschen*, hat ihre Mutter gesagt.

»Habt ihr gesehen«, ruft Jasmin in der Toilette, »Fossíli trägt einen Ring!«

Lea hat gerade den WC-Deckel auf halbe Höhe hochgeklappt und hält inne.

So muss es sein, wenn einen ein Geschoss durchbohrt. So muss es sein, wenn man gleich umsinkt.

»Was, unser Fossíli?«

»Einen Ehering?«

»Sieht so aus.«

»Hätt ich nicht gedacht.«

»Warum nicht?«

Die Stimmen entfernen sich. Sie setzt sich, sie wundert

sich, wie warm und freundlich ihr Wässerchen in die Schüssel plätschert, eigentlich müsste es eisig sein. Sie wundert sich, dass sich ihre Hände noch bewegen, sie legen sich ineinander gefaltet auf ihre nackten Oberschenkel.

Es kann nicht sein.

Sie hat keinen Ring gesehen.

Jasmin hat nicht genau hingeschaut.

Das ist kein Ehering, das ist ein Ferienring.

In diesen Basars kaufen auch Männer Ringe.

Am Nachmittag ist Bio, dann wird sie es sehen.

Bitte mach, dass es nicht wahr ist.

Er hat ihr zugelächelt. Es ist alles wie früher. Er ist hereingekommen und hat ihr auf dem Weg zum Pult zugelächelt. Sie spürt, wie ihr das einschießt wie goldenes Fieber und wie es vom Bauch aus nach unten strömt.

Und der Ring ist aus Silber, sie hat es doch gewusst, ein richtiger Ehering müsste aus Gold sein, und an welchem Finger? Sie stellt sich die Hände ihrer Mutter auf den Klaviertasten vor, es ist der Ringfinger links, wie bei ihm, aber eben, sein Ring ist aus Silber. Typisch Jasmin, das Quatschen, das voreilige.

»Das ist nicht Silber«, sagt Jasmin, »das ist Platin, meine Schwester und ihr Freund wollen auch Platinringe kaufen, das ist cooler als so ein käsegelber Ring aus Gold. Aber teuer.«

Also doch.

Das Weh ist innen und außen, die Haut brennt, als wäre keine mehr da, als hätte man sie abgezogen wie von einem Pfirsich und das glänzende Fleisch bloßgelegt, und in der Speiseröhre hockt ein Ding, das nicht tiefer rutscht und das ganz hart wird, wenn sie mit den anderen lachen soll. Einmal ist sie ihm gefolgt, nach der Mathestunde von elf bis zwölf, und sie hat gesehen, wie er in einen schwarzen Smart gestiegen ist, wo jemand bereits am Steuer saß, jemand mit einem Ärmel aus geblümtem, luftigem Stoff und mit einer Armbanduhr, die locker übers Gelenk rutschte wie ein Schmuckreif.

Sie hat ihn verloren.

Ich bin seine Witwe, denkt sie, los, verbrennt mich.

Als der Hass kommt, heilt ihre Haut, und sie lacht lauter als früher. Sie stellt sich vor, wie der schwarze Smart über eine Kurve hinausschießt und in Flammen aufgeht. Oder im See versinkt. Wie tags darauf der Rektor mit der traurigen Mitteilung vor der Klasse steht.

Sie hasst nicht nur *ihn*, sie hasst auch ihr Zimmer, weil sie darin an ihn gedacht hat. Meistens bleibt sie nach der Schule mit ein paar andern auf dem Klosterplatz hängen, sie sitzen auf den Stufen um den Brunnen und lachen, wenn Martin den Taubenfresser macht und eine Taube zu fangen vorgibt. Jasmin hat manchmal einen Joint dabei und reicht ihn herum. Sie reden von der Fernsehserie, wo sich Leute in einen Container sperren lassen – Conny, Jutta, Harald und dieser Polizist, wie heißt er noch –, wer sich blöder benehme und wer besser aussehe, wer zu viel schweige oder zu viel fummle. Martin hat keine Hemmungen vor Wörtern wie Schmusen, Bumsen und Ficken. Jasmin sagt nur: »Sie tun es.« »Wer tut es nicht«, sagt Pierre und erzählt wieder die Geschichte vom Musiklehrer seiner Schwester, da komme immer mehr zum Vorschein, auf der Klassenfahrt habe er nach der Wanderung einem Mädchen die Beine massiert, aber viel zu weit oben.

Man lacht.

»Ich kenne auch so einen«, sagt Lea.

ZWINGLIS KIEFER

Der Anruf kam noch am selben Abend. Den Job war sie los. Damit hatte sie rechnen müssen. Sie stand am Fenster und schaute hinaus auf den Kastanienbaum. Er war bereits herbstbraun, wie verdorrt sah er aus. Am Zucken unter ihrem linken Auge spürte sie, wie aufgeregt sie war. Nicht wegen des Jobs. Wegen des Klingelns. Sie hatte sich, als es zum ersten Mal klingelte, tatsächlich vorgestellt, er rufe an. Zwei-, drei-, viermal ließ sie es klingeln und hielt an der Vorstellung fest, er sei dran. Sie war bestürzt über sich selbst. Wie kamen solche Hoffnungen überhaupt auf? Sie war bestürzt, dass sie dermaßen allein war.

Dass er weder ihre Nummer noch ihren Nachnamen kannte, fiel ihr erst jetzt ein.

Was solls, dachte sie, einmal mehr arbeitslos. Das ist nicht mal das Schlimmste. Sie beschloss, zwei Gläser Wein zu trinken, sich ins Bett zu legen und den Tag möglichst rasch zu vergessen. Der Wein war schon etwas sauer, Hauptsache, er machte sie müde, sie trank ihn stehend in der Küche. Aber der Wein half nichts. Sie lag mit offenen Augen im Bett und stieg immer wieder in den Bus ein. Joe saß in der viertvordersten Reihe. Da wusste sie noch nicht, dass er Joe hieß. »Willkommen bei Citytours.« Alle außer Joe gehörten zu einer deutschen Reisegruppe, Senioren aus Hannover, sie sahen nicht unfreundlich aus. »Auf unserer Fahrt durch Zürich werde ich Ihnen die schönsten und wichtigsten Plätze zeigen.« Ihr Hochdeutsch war nicht schön, englische Touren mochte sie lieber.

Er war erst eingestiegen, als der Motor schon lief.

Es war ein grauer, kalter Morgen, die Senioren hatten rote Hände. »Mein Name ist Sandra, guten Morgen.« Sie war aufgestanden, wie immer, wenn es viel zu sagen gab, mit weit ausgestrecktem Arm hielt sie sich an dem Haltegriff an der Decke fest, im Sommer sahen die Touristen ihre sauber rasierte Achselhöhle. »Wir fahren jetzt über die Rudolf-Brun-Brücke. Ritter Brun war im vierzehnten Jahrhundert Bürgermeister von Zürich. Er holte die Zünfte der Kleinhändler und Handwerker in den Rat.« Die Senioren reichten eine Schachtel Lutschtabletten herum. »Rudolf Brun wurde vergiftet. Insgesamt acht von Zürichs Bürgermeistern sind ermordet worden.« Heute war Felipe am Steuer, ein ruppiger Fahrer, jeder Stopp riss ihren Arm in die Länge und schob den Senioren das Kinn nach vorne. »Rechts auf dem Hügel befindet sich der Lindenhof, hier stand einst ein römisches Kastell.« Joe war der Einzige, der nach rechts schaute. Im Bus roch es jetzt nach Menthol. »Dem römischen Statthalter Decius verdanken wir unsere Stadtheiligen Felix und Regula. Er ließ das christliche Geschwisterpaar enthaupten, hier rechts, hinter der Wasserkirche.« Nun schauten auch einige der Senioren nach rechts, aber weil Felipe gerade abrupt bremste, drehten sie den Kopf sofort wieder nach vorne. »Felix und Regula hoben ihre Köpfe auf und liefen damit links ein Stück den Hügel hoch zu ihren vorbereiteten Gräbern und legten sich hinein.« An dieser Stelle lächelte ihr Joe zum ersten Mal zu. Es war ein Lächeln zum Weiche-Knie-kriegen, jedoch entging ihr das Gefühl, weil sie ohnehin nicht fest auf dem Boden stand, sondern mehr oder weniger an ihrem überlangen Arm baumelte. Der vorderste Senior schaute sie misstrauisch an. »Das ist eine Legende«, sagte sie entschuldigend. »Legenden sind für Historiker oft sehr aufschlussreich.« Joe hatte ein schmales Gesicht und kurz geschorene helle Haare, vielleicht waren sie schon etwas grau.

›Über den Gräbern von Felix und Regula ließ Karl der Große fünfhundert Jahre später eine kleine Kirche errichten, und daraus entstand um zwölfhundert das Großmünster, links sehen Sie die beiden Türme. Man vermutet, dass Karl der Große homosexuell war«, wieder bremste Felipe, »denn als ihm eine Schlange einen goldenen Ring überreichte, steckte er diesen nicht einer Frau, sondern einem schönen Jüngling an den Finger. Auch das ist eine Legende.« Der vorderste Senior schaute nicht hoch, er rieb sich die roten Hände.

Wieder lächelte Joe.

Das war der Moment, als diese Lust sie packte. Diese Lust auszubrechen. Diese Lust, der Vernunft einen Tritt zu versetzen.

»Heute ist das Großmünster eine Disco. Bitte werfen Sie nun einen Blick auf die andere Seite der Limmat, Sie sehen den Turm der Peterskirche mit dem größten Zifferblatt Europas, Sie sehen den Turm der Fraumünsterkirche, dort oben wurden bis vor kurzem schamlose Frauen eingesperrt. Sie können mit Citytours auch die Kirchenfenster von Marc Chagall besichtigen, der Bus fährt Sie direkt ins Kirchenschiff.« Felipe reagierte nicht, er verstand nur wenig Deutsch. Plötzlich roch es nach Wurst. Sie blickte zu Joe, er hatte die Hand vor Mund und Nase, vielleicht lachte er dahinter. »Wir sehen nun rechts die Kronenhalle, Zürichs berühmtestes Restaurant, hier aßen schon Felix und Regula. Das klassische Gericht ist Geschnetzeltes mit Rösti. Der deutsche Kanzler soll es sich einfliegen lassen.« Ein grollendes Murmeln ging durch die Sitzreihen und versickerte rasch. Sie setzte sich neben Felipe, plötzlich müde, plötzlich war sie weg, diese Lust.

Felipe kurvte durchs Univiertel – »wir haben fünfundzwanzig Nobelpreisträger« –, den Zürichbergvillen entlang – »wir haben sechs Prozent Eigenheimbesitzer« –, zum Grandhotel Dolder hoch – »wir haben zweikommadrei Millionen

Übernachtungen«. Als sie sagte, eine Nacht in der Dolder-Turmsuite koste 1700 Euro, wurde es still im Bus. Die Geschichte von Thomas Mann und dem Dolder-Kellner erzählte sie nicht. Sie mochte sie den Senioren nicht gönnen, sie war ihr zu kostbar. Die verzweifelte Liebe Manns zu Franzl Westermayer, dem jungen Kellner, der nichts von Mann, dem alten Mann, wissen wollte, rührte sie mehr, als sie wollte. Sie kannte das Unglück der Nichtwiedergeliebten und verstand, dass Mann sich nach einem Lächeln von Franzl verzehrte, sich von ihm die Zigarette anzünden ließ, um seine Hand zu spüren, und ins Tagebuch schrieb »Noch einmal dies, noch einmal die Liebe …« »Fräulein«, rief jemand von hinten. Sie stand auf. »Wir hätten gerne einen kurzen Zwischenhalt«, sagte der vorderste Senior. Sie blickte zu Joe, der aus dem Fenster sah und sich sofort nach ihr umdrehte, als hätte er ihren Blick gespürt. Wieder dieses Lächeln.

»Noch zirka sieben Minuten bis zur Toilettenpause«, sagte sie, »bitte beachten Sie den schönen Ausblick auf den See.« Felipe fuhr viel zu rasch bergab. »Leider haben wir kein Wetterglück, sonst sähen Sie jetzt den Alpenkranz.« Es kam ihr vor, als hätte ein fremder Mund die Wörter Alpenkranz und Wetterglück gesagt. Die Strecke vom Dolder zum See hatte exakt die richtige Länge für die Geschichte der Zürcher Reformation, das heißt, wenn Felipe am Steuer saß, war sie etwas zu kurz. Wie Huldrych Zwingli eine neue Sittlichkeit einführte, wie man sich kleiden musste und wann man tanzen durfte, das hörten die Touristen immer mit Vergnügen. Während sie sprach, wieder an ihrem hochgestreckten Arm baumelnd vor und zurück schwankte und in die Gesichter schaute, die zwei Stunden ihres Lebens belegten, da kam sie wieder, die Lust am Unsinn. »Zwingli verbot den Männern zu pfeifen, und ledige Frauen durften kein Pferdefleisch essen.« Sie wunderte sich, wie willig der Unsinn aus ihr herauskam und wie die Lust anstieg wie Fieber. »Aus den Kirchen wurden alle Bilder entfernt, in Privathäusern mussten sie tagsüber umgedreht werden.« Joe sah aus dem Fenster. Der Platz neben ihm war leer. »Die Kreuzform war für profane Zwecke verboten, zum Beispiel das Fensterkreuz in der Architektur oder der Kreuzchenstich in der Handarbeit.« Komm doch, schrie der leere Platz neben Joe. Der vorderste Senior hielt die Hand hinters Ohr. Ja, glaubs mal schön, dachte sie, du Altschaf. »Zwingli flehte den Bischof von Konstanz an, Priestern, die – wie er sagte – ›Brunst leiden‹, das Heiraten zu gestatten. Zu seiner Hochzeit ließ er die Grabsteine des städtischen Friedhofs mit bunten Bändern beflaggen, und vor dem Großmünster wurde süßer Kartoffelbrei ausgeteilt.« Diesmal lachte Joe so, dass man es hörte. Er hatte weißere Zähne als sie. »Zwingli starb in der Schlacht von Kappel an einer verdorbenen Milchsuppe. Seine typische Schirmmütze«, nun bog Felipe zum Parkplatz der Seepromenade ab, »sowie sein Unterkiefer samt Zähnen sind im Landesmuseum zu besichtigen.«

Sie führte die Gruppe zu den Toilettenhäuschen und verteilte die Münzen für die Türschlösser, ein Service von City-tours. Ich habe acht Semester Geschichte studiert, dachte sie, und jetzt … Ich habe eine Lizenziatsarbeit geschrieben zur Seide in der vorindustriellen Gesellschaft, und jetzt … Es war ungewöhnlich kalt, sie war kurz vorm Schlottern. Zum Glück gabs drüben am Kiosk heißen Kaffee. »Sehr sauber, doch, ja«, sagten die beiden Frauen, die aus dem Toilettenhäuschen kamen. Sie gehörten zum vordersten Senior. Jemand berührte sie an der Schulter – Joe. »Ein Schluck Kaffee, Sandra?«, sagte er und streckte ihr den dampfenden Pappbecher entgegen. So wie er Schluck sagte, musste er Amerikaner sein. Nun zitterte sie, und sie wusste, das es nicht die Kälte war, die sie zittern ließ. Es war diese Hand am Pappbecher. Sie konnte den Becher nicht ergreifen, ohne diese Hand zu berühren, das ging nicht. »Ich heiße Joe«, sagte er.

Jetzt, da sie wusste, wie er hieß, da sie wusste, dass er nicht kam, obwohl sie auf sein Klingeln wartete, jetzt unter der Bettdecke in der dämmrigen Wohnung stellte sie sich vor, sie könnte nochmals den Becher ergreifen, und er würde wieder sagen: »Kartoffelbrei gabs damals noch nicht, hier bei euch, oder?«

Daran hatte sie gar nicht gedacht, aber sie sagte lachend »Nein, natürlich nicht. Ich bin heute ein bisschen am Flunkern.« Sie trank den Kaffee, und während er von seiner deutschen Mutter erzählte, registrierte sie in größter Hast, was es an ihm zu sehen gab, die polierten braunen Halbschuhe, die Kniebeulen in der Jeanshose, den dunklen Seemannspullover und dieses helle Lächeln in diesem hellen Gesicht, das sicher kalt war und wunderbar zu streicheln.

»Schön, der See«, sagte Joe. Ein Ruderer zog vorbei, rasch, lautlos, auf schwarzem Wasser vor grauer Wand, Schwäne schaukelten, auch sie waren still, ein Stummfilm, dachte sie, schwarzweiß, wenn nicht diese eine Möwe wäre mit ihrem Geschrei. Und nun Felipe mit seiner Hupe.

Als die Senioren einstiegen, stand sie neben der Tür. Keiner schaute zu ihr hin, vielleicht waren sie verlegen, vielleicht empört über die absurden Kommentare, vielleicht hatten sie aber auch gar nichts gemerkt von dem ganzen Unsinn. Zwei trugen ein Hörgerät.

»Ich hoffe, du funkelst weiter«, sagte Joe, was wohl heißen sollte, du flunkerst weiter.

Bis zur Oper blieb sie vorne sitzen, Felipe pfiff vor sich hin, er wusste, von wo bis wo sie schwieg. Als sie aufstand, gab sie sich Mühe, nicht umgehend zu Joe zu blicken. Es war eine lächerlich kurze Verzögerung. »Rechts sehen Sie nun das Opernhaus, weltberühmt durch Tenöre wie Rigatoni oder

Gnocchi«, das ist zu billig, dachte sie und sah, wie die Begleiterin des vordersten Seniors ansetzte, in ein Notizheft zu schreiben. »Dem Opernhaus vorgelagert ist die Sechseläutenwiese. Hier wird jeweils an einem Frühlingsabend, wenns sechse läutet, der Winter verbrannt, eine große weiße Puppe, die mit den Federn von fünfzig Schwänen ausgestopft ist. Die gerupften Schwäne werden gebraten und tags darauf im Parlament gegessen.« Joe klatschte lautlos mit den Fingerspitzen. »Die Schwänebrater werden alle zehn Jahre vom Volk gewählt. Schwänebraterinnen sind nicht zugelassen.« Auf der Seebrücke stockte der Verkehr, zwischen den Fußgängern sah sie Hanspeter, Arm in Arm mit einer unbekannten Frau, sie hoffte, dass er nicht zum Bus hochsähe, aber er tat es doch, fragend, suchend, *Sandra? Immer noch hier? Immer noch bei Citytours? Immer noch am Leben?*

Fieberhaft suchte sie eine Bemerkung zum See, »entstanden vor 8000 Jahren nach Abschmelzen der Gletscher« reichte diesmal nicht, sie hatte von Joe den Auftrag zu flunkern, zu funkeln, aber was ihr einfiel, gefiel ihr nicht, der See ist vatikanischer Privatbesitz, der See wird blau eingefärbt, der See hat europaweit am meisten Ertrunkene … »Rechts sehen Sie jetzt den Blumen- und Gemüsemarkt«, Joe schaute sie erwartungsvoll an, aber auch zum Markt fiel ihr keine Lüge ein, wahrscheinlich ging Hanspeter mit der Frau am Arm den Blumenständen entlang und kaufte ihr von den nicht ganz weißen Rosen. Felipe bog Richtung Bahnhofstraße ab, »Zürichs berühmte Einkaufsstraße, früher war hier der Fröschengraben, ein Befestigungsgraben voll mit Pfeilgiftfröschen, jetzt wird unter der Straße das Gold der Nationalbank gelagert, die Wachmannschaft hat komfortable, unterirdische Appartements, sogar ein Schwimmbad«. Plötzlich war sie wieder voll im Schwung, sie zeigte Richtung Paradeplatz, wo sich die staatliche Geldwaschanstalt und die ehrwürdige Confiserie Sprüngli befänden, und Sprüngli verkaufe geweihte und ungeweihte Osterhasen und Nikoläuse, zum gleichen Preis, sie erzählte, wie das Haus mit dem Spielzeugmuseum vor einigen Jahren erfolgreich von einer Straßenseite auf die andere transportiert worden war und dass man jetzt auf gleiche Art das städtische Schauspielhaus um dreißig Meter verschiebe, zugunsten der Tramlinien 5, 8 und 9, schon Brecht habe das vorgeschlagen. Wieder klatschte Joe lautlos und unauffällig. Sie war gierig auf das Klatschen dieser schmalen kräftigen Hände, es steigerte ihre verzweifelte Lust, vor Joe zu funkeln, sie zeigte auf die Löwenstraße und sagte, der Löwe sei Zürichs Schildhalter seit den römischen Anfängen, den letzten Löwen habe man laut Chronik um 480 erlegt, in den Wäldern des Adlisbergs.

Es war die Frau, die zum vordersten Senior gehörte, dachte sie, als sie sich im Bett aufsetzte und nach den Socken tastete. Die Frau hat sich Notizen gemacht und sich bei Citytours beschwert. Spätestens beim »letzten Löwen« mussten sich die Senioren veräppelt vorgekommen sein. Kein Schlaf in Sicht, sie hatte eiskalte Füße. Sie stellte sich ans Fenster, nun war es dunkel, der Kastanienbaum war schwarz. Ihr fiel ein, dass sie sich bei Joe nicht für den Kaffee bedankt hatte.

Felipe fuhr pünktlich auf dem Busparkplatz ein. Er hatte die vierzehn Minuten eingeholt, um welche die Senioren die Toilettenpause überzogen hatten. »Citytours dankt Ihnen für Ihr Interesse an unserer schönen Stadt«, sagte sie und stellte sich mit Felipe zur Verabschiedung neben die Tür, auf Wunsch von Citytours hatten sie die Hände auf dem Rücken, damit kein Gedanke an Trinkgeld aufkam. Die Senioren bedachten sie mit einem mürrischen Nicken oder gingen grußlos, was Felipe irritierte. »Olé, amigos«, rief er ihnen nach und stieg wieder in den Bus, um ihren Abfall einzusammeln. Joe, der als Letzter herauskam, blieb vor ihr stehen, so nahe, dass sie die Bewegung seiner Nasenflügel sah. Jetzt, dachte sie, jetzt. Joe trat einen Schritt zurück, fasste sie an der Schulter, lächelte. »You were great.« Ein Windstoß schob ihr eine Strähne übers Auge, Joe streifte sie zurück. »Just great.«

Dann hatte er sich weggedreht und dabei grüßend die Hand gehoben.

Und das, dachte sie, hat schon gereicht, um mir einzubilden, er werde mich anrufen. Und er werde gestehen, dass er nicht anders gekonnt habe, als bei Citytours nachzufragen und nicht locker zu lassen, bis sie mit meiner Adresse herausrückten.

Wer weiß, vielleicht stand demnächst in der *Hannoverschen Allgemeinen* unter Kuriosa, dass ledige Frauen in Zürich früher kein Pferdefleisch essen durften oder dass es bei Sprüngli geweihte Osterhasen zu kaufen gebe. Und von da rutschten die ledigen Frauen und die geweihten Hasen vielleicht in ein Schulbuch und blieben für immer drin. Ich habe etwas geschaffen, dachte sie, zum ersten Mal etwas geschaffen. Sie legte sich ins Bett, um ein bisschen zu weinen, aber das Weinen kam nicht, nur wieder das Funkeln. Wenn Sie nach links blicken, sehen Sie den Zürcher Hauptbahnhof, er wurde achtzehnhunderteinundsiebzig eingeweiht, heute verkehren hier täglich tausendsechshundert Züge. Von Gleis vierzehn fährt der Blaue Pfeil, Neapel hin und zurück, er ist auf Monate hinaus ausgebucht, aber Sie werden nie jemanden einsteigen sehen. Denn der Zug fährt leer. Wer Ticket und Reservation bezahlt hat, erhält lediglich einen Anruf aus Neapel in einer unbekannten Sprache. Es soll – je nach Wunsch – eine sehr schöne Frauen- oder Männerstimme sein. Und nun sehen Sie rechts das Landesmuseum, wo wie erwähnt Zwinglis Kiefer …

Ach Joe, dachte sie, stand wieder auf und nahm das Telefon ab, obwohl es gar nicht geklingelt hatte.

FORT, JETZT

Sie hat ihn nicht von Anfang an wahrgenommen. Er war nicht mehr als ein Schatten, welcher der Gruppe vorauseilte, den Berg hoch. Wenn er stehen blieb, um zu warten, löste er sich auf, dunkel vor dunklem Stein.

Der Berg heißt Bab N'Ali. Das bedeute *Tor des Ali,* sagte der Reiseleiter. Es ist ein erstaunlicher Berg: über Hängen von lockerem Schutt plötzlich dieses überraschende Felsgewächs, das wirkt, als wäre es eben pulsierend hervorgequollen und genau jetzt erstarrt.

Das Tor im Berg hat sie erst zu Hause auf den Fotos gesehen – ein Tor aus blauem Himmel zwischen zwei Säulen aus Fels.

Auf dem Gruppenbild mit Berg lächeln alle außer dem Berg.

Neben ihr steht Mohammed, der als Wegweiser mitgenommen worden ist, der bis dahin nur vorauseilender Schatten war und nun, da er von der Kamera festgehalten wird, plötzlich ein Gesicht zeigt und ein Lächeln und Füße in Plastiksandalen. So schmal, diese Füße, sozusagen hungrig, neben den gut gefütterten Schuhen in Trekkingqualität.

Das Bild gehört zum Vorher. Vom Nachher wusste sie da noch nichts.

Fred notierte alles, was der Reiseleiter von sich gab: *Der Antiatlas ist sehr viel älter als der Atlas, der Oscherstrauch sondert eine giftige Milch ab, die Herkunft der Berber ist ungewiss* – alles schrieb er sofort in sein ledergebundenes Notizbuch. Sie sah vom Rücksitz des Landrovers, wie oft er das Buch aus der Jackentasche holte und wieder einsteckte, sie hörte den Klettverschluss der Tasche.

Antiatlas. Antistimmung. Es war, als würde sie antipolig aufgeladen, durch das Rütteln des Landrovers auf den Schotterpisten, durch das Scheuern der Augen an der Steinwüste.

Als man auf den vorderen Sitzen aufschrie, weil das Tal nach der Kurve plötzlich grün wurde, war ihr klar, dass ihr Fred auf die Nerven ging, dass sie das, was sie *Verständnis für ihn* nannte, jederzeit abkratzen konnte wie Schorf.

Das Grün war junger Weizen auf kleinen Feldern. Das Grün war so saftgrün, als sei es nass, frisch gestrichen. Daneben sahen die grünen Dattelpalmen grau aus. »Alte Dattelpalmen tragen bessere Datteln«, sagte der Reiseleiter. Wieder hörte sie den Klettverschluss von Freds Jacke. Der Landrover hielt an, ein Junge scheuchte die Ziegen von der Piste. Durchs Seitenfenster sah sie ein paar Kaktusohren, dazwischen einen zerfetzten Pantoffel. Soll ich mich daran erinnern?, dachte sie, an den Pantoffelkaktusmoment in meinem Leben? Nein. Sie hatte zwei, drei solcher Bilder im Kopf, von Momenten, in denen sie zum Warten gezwungen gewesen war, aber sie wusste nichts mehr damit anzufangen.

Sie saß ganz hinten im Wagen, zwischen den Gepäckstücken. Jedes Mal, wenn man einstieg, musste sie sagen: *Doch, doch, bitte, lasst mich, glaubt mir, vorne würde mir schlecht.*

Am ersten Tag der Fahrt hatte sie vorne gesessen, neben Fred, der sofort kommentierte, was ihm auffiel, wie zu Hause, nur dass sie dort schon seit langem dazu schwieg, während hier ein *ja* oder *stimmt* oder *tatsächlich* von ihr erwartet wurde.

»Da waschen sie wieder, die Frauen.«

»Ganz neu, dieses Minarett.«

»Gute Straße, das.«

»Bougainvilleas, was für ein Violett.«

Nach dem Abstieg, als man durch das Gemüsegärtchen zu Mohammeds Haus ging, als man sich bücken musste unter dem Ast des Feigenbaums und sie stehen blieb vor den schwarzweißen Blüten der Puffbohnen, die wie schlafende Falter zwischen den grünen Blättern hingen, da hatte sie plötzlich Mohammeds Arm auf den Schultern, unerwartet und schwer war der Arm auf sie gefallen, »ton nom?«, fragte Mohammed, und sie sah zu seinem Gesicht hoch, als sie »Susanna« sagte, und merkte aber erst da, wie groß er war.

Er sprach nur wenig Französisch. Er sei *vingt-un.* Vänt-önn. Als er es sagte, sah er auch plötzlich aus wie einundzwanzig, nicht mehr wie fünfzehn wie eben noch. Nein, »pas marié«.

Die Hand auf der Schulter bewegte sich, glitt abwärts, ihren Oberarm entlang. »Sanna ton nom?«

Warum nicht.

»Oui: Sanna mon nom.«

Er lächelte, bevor er sie losließ und vorausging, weil der Pfad schmal wurde. Das Haus war in Sicht, nun gabs Tee.

Die Wandergruppe saß den Wänden entlang auf den übereinander geschichteten Teppichen. Durch zwei kleine Fenster und durch die Tür zum Hof fiel Licht. Mohammed kochte Tee, ließ ihn von weit oben in die Gläser plätschern, schaute nicht auf. Ohne Wanderschuhe, nur in feucht geschwitzten Socken, sahen alle seltsam entblößt aus, bereit für den Trank des Medizinmanns.

Die Schuhe waren draußen im Hof, rund um den blinden, dünnen, alten Mann, der sich nicht rührte, auch wenn man grüßte oder wenn ein Huhn über seine Beine flatterte. Freds Schuhe waren als einzige mit den Schnürsenkeln aneinander gebunden. Schon wieder.

Warum tat er das? Und warum musste er dauernd sagen, was man ohnehin wahrnahm?

»Eine Wanduhr. Und sie geht sogar.«

»Der Hund hört mit Bellen nicht auf.«

»Wieder dieses Blau, an den Fensterrahmen.«

Fatima, Mohammeds Schwester, brachte dreimal wortlos frisches Wasser für den Tee, trat durch die Tür, aufrecht, lieblich, verschwand wieder. Einmal sagte Mohammed etwas, das sich anhörte, als würde er sie anschnauzen. Der Reiseleiter erklärte, es gebe offiziell drei Berbersprachen im Land, unter anderem Taschelhit, das werde hier gesprochen, und *schlecht* heiße auf Taschelhit *schlacht* und *Bohnen* seien *Abohn*.

Man lachte, Mohammed hob den Kopf.

Der Reiseleiter sagte, die Berber hätten keine Schriftsprache, geschrieben werde nur auf Arabisch, aber neunzig Prozent der Frauen auf dem Land hätten nie schreiben gelernt.

Nun blickten alle auf Mohammeds Mutter, die gerade mit energischem Griff die Katze gepackt und vor die Tür gesetzt hatte.

Als sie wieder in den Schuhen waren, bereit für die Weiterfahrt, und Mohammeds Mutter sich im Hof zum Abschied hinstellte, auf dem Kopf das neue Tuch – Geschenk des Reiseleiters –, als die Sonne kurz aufblinkte, bevor sie über die Lehmmauer rutschte, als jemand zu singen anfing und gleich wieder aufhörte, wahrscheinlich Fatima, da war er da, *der* Moment.

Ein Fremder steht plötzlich im Hof, in einem Veston aus grauem, leicht glänzendem Stoff, etwas zu groß, etwas zu breit auf schmalen Schultern, in einer grauen städtischen Hose, die um die Schuhe schlottert, ein Fremder, der eine Einkaufstasche hin und her schlenkert und der, als er sich umdreht, Mohammed ist. Und zum Reiseleiter sagt:

»Je viens avec toi.«

Bis nach El Kelaa wolle er mitfahren. Das gehe nicht, sagte der Reiseleiter, er könne ihn nicht mit ins Hotel nehmen. Er komme schon irgendwo unter, Verwandte, sagte Mohammed. Also gut, sagte der Reiseleiter, aber nur, wenn der Chef-Chauffeur einverstanden sei.

Mohammed lief vor zu den Landrovern, entschlossen, als wolle er das alles hier abstreifen, so wie gerade eben seine Plastiksandalen. Abstreifen dieses Lehmhaus im Nichts, dieses leere Tal, diese kahlen Hänge. Weg.

Fort, jetzt.

Wie El Kelaa aussieht, das wusste sie damals noch nicht, als sie auf den Rücksitz des Landrovers kletterte, aber sie konnte begreifen, das Mohammed fort wollte, weil er immer das Gleiche hörte, drinnen das Schlurfen des Alten und das Schnattern von Mutter und Schwester und draußen mal Meckern, mal Gackern, mal Rauschen in den trockenen Palmen, vielleicht hörte er auch das Grün der kleinen Felder, so etwas wie ein permanentes Ü. Auch konnte er manchmal ein Fahrzeug über die Schotterstraße schnurren hören, aber nur alle paar Monate eins, das anhielt.

Fort, jetzt.

Als sie losfuhren, stieg eine Staubwolke hoch. Sie blickte zurück, der Staub legte sich rasch, und sie sah Mohammed, er ging langsam zum Haus zurück, er hatte den Kopf gesenkt, die Jacke sah noch größer aus als vorhin.

Also war er in keinem der drei Landrover untergekommen.

Wohl weil er so entschlossen darauf zugegangen war, hatte sie sich nicht von ihm verabschiedet. Kein Dank und kein Adieu von Sanna, die auf Nimmerwiedersehen davonfuhr, über den Pass hinüber und in die Welt hinunter.

Neben ihr, auf dem Rücksitz, wäre noch Platz gewesen. Auf ihr »Pourquoi pas?« zuckte der Chauffeur mit den Schultern.

Der Pass, Tizi n'Tazazert, windet sich endlos die braunen, schuttigen Hänge hoch, von jeder Kurve sieht man etwas weiter über die tonbraunen, ziegelroten oder sandgelben Wellenkämme des Gebirgsmeers, auf diesem Boden gibt es nichts als da und dort die struppigen Büschel, die sogar den Ziegen zu trocken sind.

Zweimal überholten sie Mädchen, welche große Bündel solchen Gestrüpps nach Hause buckelten. Die Bündel waren so groß, dass die Mädchen das Gewicht nur schafften, wenn sie den Rücken waagerecht hielten und den Kopf bis fast zu den Knien senkten.

»Manchmal singen sie«, sagte der Reiseleiter.

Mädchen wie Fatima.

Sie stellte sich vor, wie Mohammed inzwischen zurück war im Haus, wie er Fatima unwirsch zur Seite schob und in eine der Kammern beim Hühnerstall verschwand. Sie stellte sich vor, wie er mit einem Fuß den Schuh vom andern streifte, Lederschuhe Typ Mokassin, die mal schick gewesen waren und jemand vor Jahren weggegeben hatte, stellte sich vor, wie er aus dem Veston schlüpfte, dann die schimmernde Hose auf die Füße rutschen ließ und vielleicht darauf herumtrat.

Und als er so weit war, stellte sie sich vor, wie er sich noch ganz auszog, bis er nackt dastand, bewegungslos, mager und kräftig und vingt-un und ziemlich dunkel. Dann ließ sie ihn los, er legte sich auf die Matte, wo er entweder mit trockenen Augen auf die rissige Lehmdecke starrte oder wo er leise genug schluchzte, dass niemand es hörte.

Die leicht dunklere Haut mochten vielleicht ein paar Tropfen Haratin bewirkt haben, Haratin, so hatte der Reiseleiter gesagt, seien Nachkommen früherer Sklaven, aus Gebieten südlich der Sahara, und bis heute nicht voll in die Gesellschaft der Berber integriert.

Auch das hatte Fred in seinem Notizbuch festgehalten.

Sie hob den Veston vom Boden auf und deckte Mohammed damit zu.

Kurz vor der Passhöhe wurde angehalten, der Augenblick für ein Foto war günstig, keine harten Schatten mehr: siena ocker, rost und kupfer die südwärts rollenden Bergwogen gelb der Himmel, mit rosa Saum. Die drei Chauffeure holten ihre Gebetsteppiche aus dem Kofferraum und knieten sich ins Geröll zum Nachmittagsgebet, man wusste nicht, sollte man hin- oder wegsehen.

»Diese Berge«, sagte Fred.

Weit weg, braun im braunen Hang, bewegte sich etwas, ein Dromedar, spielzeuggroß. Jemand sah einen Falken.

Es war auf der anderen Passseite, die Fahrzeuge rollten bergab in die erste Kurve, als sich der Gedanke in ihrem Schädel löste wie ein Baumblatt, sie tastete ihn in rasender Schnelligkeit ab – und entschied sich. Sie würde Fred verlassen. Gleich nach dieser Reise.

Fort, jetzt.

In der Kurve knallte ein Stein gegen die Windschutzscheibe, der Fahrer hielt an und stieg aus und suchte nach Sprüngen im Glas. Sie schaute aus dem Seitenfenster, um zu sehen, was ihr das aufgezwungene Warten offerierte, aber da war nichts, kein Kaktus mit Pantoffeln, nur das rostbraune Gestein, nicht mal ein paar Perlen Ziegendung.

Ein gutes Dutzend Kurven tiefer begann sich die Landschaft rasch zu ändern, der Boden war dichter bewachsen, Schaf- und Ziegenherden musterten die Hänge schwarzweiß, in den Senken schimmerte Grün. Im Fahrzeug war es still, man war müde und ließ sich gerne bergab schaukeln, in den Abend hinein.

Unten im Tal war das Himmelsrosa staubverschleiert, und die sinkende Sonne blitzte tausendfach auf in den Plastiktüten, die über die Ebene verstreut waren, wahrscheinlich von einer Abfalldeponie hergeweht, goldfunkelnder Müll.

Als eine Gruppe Dromedare in das Schleierrosa schritt, ging ein Raunen durch das Fahrzeug. Fred schlief, sie sah es ihm von hinten an.

Der Entschluss war gefasst.

Fort, jetzt.

Noch einmal hob sie den Veston hoch und blickte auf Mohammed. Er lag sehr still da, die Hände über seinem Geschlecht gefaltet. Das Bild war bereits blasser, aber noch deutlich genug, dass sie den Veston zurücklegen konnte, liebevoll und endgültig.

Lehmdörfer und Lehmburgen kamen aus dem Lehmboden wie von selbst gewachsen und sahen auch zerfallend immer noch schön aus. Lehm, dachte sie, könnte auch mal wieder Modefarbe sein. Wear Clay!

Der Reiseleiter sprach über Siedlungsformen und Großfamilien. »Das Gewohnheitsrecht heißt *Urf*«, sagte er. Fred schrieb.

Seide in Clay, Wolle in Clay, weiche, feine Stoffe müssten es sein, so fein, dass sie zerfließen würden, wenn man sich darin unter die Dusche stellte. Und wer wollte, könnte einfach unter der Dusche stehen bleiben und auch noch sich selbst auflösen.

El Kelaa, bekannt für Rosenseife, hatte nichts Gefälliges, es kam ihr laut vor und dreckig, es war wohl nicht mehr als ein Hauptort, wo es alles zu kaufen gab, Anzüge, Teegläser, Schmieröl und Fernseher. Und Liebe wohl auch. Im Suk sah sie vier Hühnern zu, die liegend pickten: Je zwei waren an den Beinen aneinander gefesselt, die vier Köpfe waren um ein paar Körner gruppiert, wie Pokerspieler um die Würfel. Kräh mir das Lied vom Tod. Auf dem Hauptplatz stank es nach Auspuff und Backöl, hier hätte man Mohammed aussteigen lassen.

Das Hotel lag etwas außerhalb.

Urf, Urf, Urf, sagte sie sich, als sie die Treppe hochstieg, das *Gewohnheitsrecht heißt Urf.* Des Reiseleiters Satz war noch da, ein hängen gebliebenes Fetzchen.

Sie legte sich aufs Bett, hörte Fred im Bad hantieren, schloss die Augen und nahm sich vor, *kein Urf mehr* zu sagen, wenn Fred sich auf sie legen wollte, *dein Gewohnheitsrecht ist abgelaufen.*

Das Dromedar wird nicht mehr bestiegen.

Sie hörte in allen Etagen Duschen rauschen und Röhren gurgeln, dachte an Schneeschmelze und Bergfrühling, rutschte dann aber im Schlummer in ein lehmhelles, rascheltrockenes Zwischenreich.

*

Niemandem war klar, warum sie ging, Fred nicht, auch nicht den Freunden, nicht mal ihr selbst. Noch in der ersten Woche zu Hause hatte sie eine Zweizimmerwohnung gemietet und ihren Zweitagesjob gekündigt. Von nun an würde sie voll arbeiten. Ihre Bewerbungen unterschrieb sie mit *Sanna.*

Tagsüber, wenn Fred auf der Arbeit war, ging sie in die alte Wohnung und räumte ihre Schränke und Schubladen aus; was sie mitnehmen wollte, stapelte sie im Korridor, damit es Fred am Abend prüfe. Zweimal nahm er von dem Stapel wieder etwas weg: eine Schachtel mit Christbaumschmuck und das Lexikon der Symbole.